Massama Kambia

Zeichen der Wandlung

**Geschichten mit Botschaften
von Hoffnung und Mut**

*Liebe ist Heilung. Heilung ist Liebe. Liebe ist alles.
Willkommen auf dieser Reise mit mir.*

Bibliografische Information der Deutschen Nationalbibliothek:
Die Deutsche Nationalbibliothek verzeichnet diese Publikation in der
Deutschen Nationalbibliografie; detaillierte bibliografische Daten sind im
Internet über https://portal.dnb.de abrufbar.

1. Lektorat: Jonas-Philipp Dallmann
2. Korrektorat/Kleines Lektorat: Martina Rens
Cover: Pixelcompetence

Herstellung und Verlag: BoD – Books on Demand, Norderstedt

ISBN Paperback: 978-3-7504-2997-0

Zeichen der Wandlung

Geschichten mit Botschaften
von Hoffnung und Mut

Esmeraldas Reise
Die Verabredung
Die Schuld

Drei Kurzgeschichten, durchzogen von ganz alltäglichen Themen wie Liebe, Familie, Zweifel und der Frage nach dem Sinn des Lebens. Sie beschreiben auf einfache Weise einmalige Begegnungen, welche Botschaften der tiefen Ganzwerdung des Seins darstellen.
Durch Aufgreifen der Wirkung unserer Entscheidungen regen sie zum Nachdenken an.

Mit ihrer Fülle an emotionalen Ereignissen zeigen diese drei Kurzgeschichten, auf was es im Leben wirklich ankommt. Sie geben Hoffnung und Mut, das eigene Leben zu überdenken und sich nicht vor Veränderungen zu scheuen. Denn: Es ist nie zu spät, dem Weg seines Herzens zu folgen, um seinen eigenen wahrhaftigen Pfad zu gehen.

Esmeraldas Reise

Esmeralda hat all das, was sich die meisten Menschen wünschen: eine verlässliche Familie, einen liebevollen Partner und einen guten Job. Doch tief in ihr gibt es eine unbegreifliche Leere, die zu einer ewigen Suche und Unzufriedenheit führt. Schließlich entsteht für sie daraus der tiefe Wunsch, den Grund dieser ewigen Leere zu verstehen und sich damit zu versöhnen. Um Antworten auf ihre Fragen zu bekommen, entscheidet sie sich, eine mysteriöse Frau zu besuchen.

Die Verabredung

Cassandra, eine junge Frau, hört auf ihre innere Stimme und entscheidet sich für ein paar Erholungstage im Süden Frankreichs. Doch schon die erste Begegnung dieser Reise mit einem frechen Franzosen im Flugzeug droht ihre Hoffnung auf Ruhe zu zerstören. Ein wenig verunsichert erkennt sie dennoch die einmalige Chance, durch unerwartete Begegnungen und daraus entstandene Einblicke sich ihrer Wunden der Vergangenheit zu stellen.

Die Schuld

Wir alle sind Teil einer Herkunftsfamilie, und deren Geschichte beeinflusst unser Leben, auch wenn wir versuchen, davor zu fliehen. Annabellas Strategie der Verdrängung ist beim Anblick des Vaters, der im Sterben liegt und bei der Begegnung mit ihrer alten großen Liebe Jakob kaum noch haltbar. Und so merkt sie, dass unausgesprochene Themen, Vorwürfe, Schuldgefühle und eine verbotene Liebe sie wieder einholen. Annabellas Herz schreit nach Liebe, Vergebung und Versöhnung.

Inhaltsverzeichnis

Atme. Lebe. Liebe. Leuchte.

Vorwort

Anfang des Jahres 2018 nahm ich einen Auftrag der geistigen Welt an. Es ging darum, eine besondere Art der Energiearbeit bei einem Bekannten durchzuführen, der eigentlich nichts von solchen Sachen hält.

Nach erstem Widerstand entschied ich mich, den Auftrag anzunehmen. Auch auf die Gefahr hin, als „Verrückte" abgestempelt zu werden, fasste ich meinen ganzen Mut zusammen und erklärte der Person, worum es ging. Nach ihrer Zustimmung fand der Termin statt. Es war für mich ein besonderer und tief emotionaler Moment.

Am Folgetag, nach einer tiefen Phase der Melancholie, erschienen mir am Abend eine Menge Bilder. Auch wenn ich in meiner Kindheit und Jugend bereits die Liebe zum Schreiben entdeckt hatte, fühlte sich das, was sich mir nun zeigte, ganz anders an. Es war der Beginn einer intensiven Zeit des Schreibens, die bis zum heutigen Tag anhält.

In diesem Buch finden Sie eine Auswahl dreier Kurzgeschichten, die beim Schreiben eine Menge in mir geheilt haben. Auch sind mir einige Zusammenhänge in einer klaren Einfachheit bewusst geworden.
Wir alle auf diesem Planeten haben unterschiedliche Lebensgeschichten und Aufgaben. Doch jeder, der vollständig in seiner Kraft stehen und seine Meisterschaft erlangen möchte, geht durch verschiedene Phasen der Wandlung, die für den Verstand kaum greifbar sind.

Ich bin meinen Geistführern für diese unerwarteten und unbezahlbaren Geschenke sehr dankbar und auch dankbar für all die Erfahrungen, die mich zu der Person gemacht haben, die ich heute bin. Während der verschiedenen Phasen sind viele Tränen geflossen, doch jede einzelne hatte eine Botschaft an mich. Sie halfen mir, meine Themen zu heilen und mich so anzunehmen, wie ich bin.

Nachdem ich die erste Kurzgeschichte, *Esmeraldas Reise,* niedergeschrieben hatte, traute ich mich und ließ sie zweimal lesen, korrigieren und beurteilen. Die Rückmeldungen machten mir Mut, meine Geschichten mit ihren besonderen Botschaften zu veröffentlichen.

Ralf und Armin sage ich an dieser Stelle aus tiefstem Herzen meinen Dank für die wertvollen Tipps und die Geduld beim Korrigieren!

Auch bedanke ich mich ganz herzlich bei Nicole für ihr spontanes Angebot, Teile des Manuskriptes zu lesen. Ich hoffe, diese Geschichten werden Sie – wie mich – inspirieren und fesseln. Und sollte dies nicht der Fall sein, dann lassen Sie das Buch an sich vorbeiziehen und atmen Sie tief durch.

Danke für Ihr Sein.

Om & Prem
Massama Kambia

Auch wenn das Leben ein Spiel ist, ist es nicht Teil des Spiels, die Spielregeln zu kennen und zu befolgen?

Esmeraldas Reise

Meine Uhr zeigte 18:16 Uhr. Alda, meine Cousine, sollte mich bereits vor einer Viertelstunde abgeholt haben. Wie oft in den letzten Tagen spürte ich ohne nennenswerten Grund Unruhe in mir. Alle, die mich kennen, wissen zwar, dass ich Pünktlichkeit schätze und es nicht ausstehen kann, wenn Menschen zu spät zu Verabredungen kommen. An diesem Freitagnachmittag war dennoch alles anders: eine Mischung aus Unruhe, Erwartung und gleichzeitig Hoffnung. Ich war gewiss nicht erfreut, dass Alda sich verspätete, aber mich lähmte vor allem die Unruhe; sie drohte mich zu verschlingen. Ich versuchte mich auf das Spiel meiner vierjährigen Nichte Alicia zu konzentrieren, die mir ihre neue Tanzchoreographie vorführte. Leider konnte ich ihr nur ein verkrampftes Lächeln schenken. In dem Moment, als ich ihr einen Kuss geben wollte, klingelte mein Telefon.

„Schatz, ich warte draußen auf dich", sagte Alda und legte gleich wieder auf.

Ich verabschiedete mich schnell von Alicia und ihrer Mutter und ging nach draußen. Alda kam sofort auf mich zu.

„Sei bitte nicht sauer. Ich konnte nicht eher los. Ein komischer Tag! Solche unvorhersehbaren Ereignisse gehören zur Normalität an den Tagen, wo ich zu ihr fahre! Man könnte meinen, dass Kräfte, welche auch immer sie sein mögen, sich mobilisieren, damit ich es nicht schaffe. Und gleichzeitig passieren Wunder, die mir zeigen: Es ist alles gut. Weißt du, wie ich es meine? Es ist so wie ein Kampf zwischen dem Guten und dem Bösen in den uns bekannten Märchen. Doch hier herrscht am Ende eine Art Gleichgewicht. Einfach seltsam …"

„Ja, aber trotzdem hättest du …"

„Erinnerst du dich an meinen Kollegen, Pit? Er hat es mir überhaupt erst ermöglicht, rechtzeitig loszufahren! Ich schulde ihm jetzt ein Abendessen. Also, Sralda, ich bekomme noch Geld für das Essen von dir! Wirklich ein unglaublicher Tag … Aber das ist ja immer so, wenn ich zu ihr fahre. Ich hoffe, wir kommen noch rechtzeitig an, aber aufgrund ihrer starken Intuition weiß sie vermutlich bereits, wann wir eintreffen werden. Lass uns nun losfahren, Schatz."

Alda konnte wie ein Wasserfall reden. Ohne mich mit ihren zahlreichen Erzählungen zu verschonen, fuhr sie los.

Wir waren nun auf dem Weg zu ihr. War sie vielleicht der Grund, warum ich so nervös war? In meinem Zustand hätte ich diese Frage nicht beantworten können. Im Grunde wusste ich nicht, ob ich Alda nun dankbar sein sollte, weil sie in mir die Idee zu diesem Besuch geweckt hatte. Aber war es wirklich so? Oder wollte ich selbst eine solche Erfahrung machen und schob alles auf meine Cousine?

Wir hatten nun eine dreißigminütige Fahrt vor uns, und ich war erstaunlich ruhig während dieser Fahrt. Ich konnte kaum sprechen, geschweige denn klare Gedanken fassen. Es herrschte Schweigen im Auto, und ich war Alda dankbar, dass sie nicht versuchte, mit mir zu reden. Fast die ganze Zeit über schaute ich mir die schöne Landschaft an. Mächtige Palmen standen am Straßenrand wie eine Allee und streckten ihre Wedel in den Himmel. Sie vermittelten ein Gefühl des Friedens – oder vielleicht eher eine Möglichkeit der Zuflucht?

Seltsam tiefe Gedanken, die sofort Tränen in mir weckten.

Trotz meines Versuchs, sie herunterzuschlucken und vor Alda zu verbergen, begannen sie zu fließen. Ich konnte gar nicht anders, als ihnen freien Lauf zu lassen, und der salzige Geschmack auf meinen Lippen war mir mehr als vertraut.

In den letzten sechs Monaten hatte ich fast jeden Tag geweint, ohne zu wissen, warum. Das war seltsam, da ich mich gar nicht erinnern konnte, wann ich davor das letzte Mal geweint hatte: vor vier oder fünf Jahren? Sogar beim Tod und bei der Beerdigung meines lieben Vaters vor drei Jahren hatte ich keine Träne vergossen. Und nun, bereits seit Monaten, war ich extrem empfindlich und konnte für mich immer noch nicht den Grund erkennen.

Ein beängstigendes Gefühl!

Ich war so vertieft in meine Gedanken, dass ich kaum bemerkte, dass Alda sanft meine Hand berührte.

Ich schaute zu ihr und sagte: „Danke, dass es dich gibt. Ich bin sehr froh, dass wir diesen Weg gemeinsam gehen. Und ich hoffe, du kannst dabei sein, wenn sie mich empfängt."

„Sie wird entscheiden, was geht. Mach dir keine Sorgen, Sralda. Es wird alles so kommen, wie es kommen soll und muss. Hast du alles dabei?"

„Ja", erwiderte ich, „ich bin anwesend und dafür bereit. Das reicht doch aus, oder?"

„Wir sind in etwa fünf Minuten da, Sralda. Konzentriere dich bitte auf dein Anliegen und versuche, entspannt zu bleiben. In Ordnung?"

Ich erwiderte nichts und richtete meinen Blick erneut aus dem Autofenster.

Alda betätigte den Blinker und bog nach rechts in eine Seitenstraße ab. Es waren kaum Häuser zu sehen. Ich konnte mich nicht daran erinnern, schon einmal in diesem Stadtteil gewesen zu sein. Langsam fuhren wir an einem kleinen See entlang. Am Ufer gegenüber war ein Wäldchen zu sehen. Ein Ort der Ruhe und Geborgenheit.

Ich stellte fest, dass meine Unruhe verflogen war. Ich atmete tief und langsam und spürte eine gewisse Zuversicht in mir. Meine Tränen hatten aufgehört zu fließen. Ich konnte nun eine gewaltige Kraft in mir spüren, die so machtvoll war, dass ich noch kaum länger im Auto hätte sitzen können. Ich spürte, wir waren angekommen.

In diesem Moment sagte Alda: „Wir sind da!"

Etwa hundert Meter entfernt stand ein einfaches, aber schönes Haus. Es war bunt; dennoch hatten die vielen unterschiedlichen Farben eine gewisse Klarheit und Struktur. Auch die Anordnung der Farben schien kein Zufall zu sein. Der Weg zum Haus war rot und direkt vor dem Eingang orange gestrichen. Die Eingangstür war von einer gelb gemalten Blume gerahmt, an ihren Seiten prangten große, grüne herzförmige Blätter. Überall an den Wänden waren grüne Spiralen zu sehen. Das Haus selbst war in drei wechselnden Farben gestrichen: blau, lila und weiß. Es strahlte etwas aus, das ich mit Worten nicht hätte beschreiben können.

Alda parkte das Auto. Zu meiner Erleichterung stiegen wir endlich aus. Ich nahm meine Tasche aus dem Kofferraum und wir gingen zur Eingangstür, wo ein Mädchen von ungefähr fünfzehn Jahren bereits auf uns wartete.

„Seid willkommen. Mutter wartet bereits auf euch. Bitte zieht eure Schuhe aus, wascht eure Füße mit dem Wasser, das wir für euch vorbereitet haben und kommt dann ins Haus. Befreit euch bitte von überflüssigen Sachen, die ihr dabeihabt. Ihr könnt sie einfach im Flur stehen lassen."
Sie ging ins Haus und ließ uns unsere Vorkehrungen treffen. Neben der Tür stand eine Schüssel mit Wasser, in dem Kräuter schwammen.

Ein Blick zu meiner Cousine bestätigte mir, dass es nun kein Zurück mehr gab – vor allem nicht für mich. Bei dem Gedanken, sie gleich zu treffen, kam eine gewisse Panik in mir auf. Dieses Wechselbad der Emotionen war für mich kaum auszuhalten.

Wer war sie eigentlich? Alda nannte sie *die Träumerin* oder *die Heilerin*. Sie hatte zu mir gesagt, sie sei eine Frau, die mir helfen könnte, den Zugang zu mir, zu meiner wahren inneren Stimme wiederzufinden. Sie habe die Gabe, Menschen dazu zu bringen, sich selbst und den Sinn ihres Daseins zu erkennen. Mehr hatte sie nicht verraten wollen, vermutlich um mich durch ihre Erzählungen und Erfahrungen nicht noch mehr zu verunsichern oder zu beeinflussen. Da ich einen großen Drang in mir fühlte, Antworten auf meine Fragen zu erhalten, hatte ich schließlich einem Treffen zugestimmt.

Wir wuschen unsere Füße mit dem Kräuterwasser, trockneten sie ab, ließen unsere Sachen im Eingang stehen und gingen ins Haus. Mein Herz begann, schneller zu schlagen. Es war nun kurz nach sieben und die Abenddämmerung setzte bereits ein. Im Haus brannte eine kleine Kerze, die von Rauch umgeben war. Der Geruch von Kräutern stieg mir in die Nase. Eine Mischung aus Weihrauch, Ysop oder Sandelholz? Ich war mir nicht ganz sicher. Es war ein kräftiger, wach machender und dennoch angenehmer Duft.

„Willkommen, Schwester", sagte eine klare, sanfte Stimme. Ich schaute in die Richtung, aus der sie kam, und da sah ich sie zum ersten Mal.

Beim Anblick ihres Gesichts hatte ich kurz das Gefühl, den Boden unter den Füßen zu verlieren und umzukippen. Ich fühlte einen Schock und erstarrte. Um das Gleichgewicht nicht zu verlieren, streckte ich meine Hand hilfesuchend nach Aldas aus. Alda ergriff sie, und ich beugte leicht die Knie, um tief Luft zu holen.

Sie bemerkte meine Reaktion, lächelte und sagte: „Schön, dass du da bist. Ich habe schon lange auf dich gewartet. Komm."

Sie streckte ihre Hand nach mir aus. Alda befreite sich von meinem Griff und gab mir einen sanften Schubs in den Rücken. Ich bewegte mich langsam auf die Frau zu.

Noch nie in meinem Leben hatte ich ein solches Gefühl gespürt. Die Frau war vielleicht vierzig oder fünfundvierzig Jahre alt. Sie hatte langes dunkles Haar und trug ein schönes, schlichtes Kleid in beige. Sie war barfuß, und bis auf einen Ring, aus dem ein klarer, großer Bergkristall strahlte, trug sie keinen Schmuck.

Ein leichter Duft nach Rosen und Sandelholz umgab sie, und mit jedem Schritt in ihre Richtung schien mich eine kraftvolle, warme, wohltuende Energie mehr und mehr zu umhüllen.

„Sei gegrüßt, Schwester. Ich habe viele Namen, aber die meisten nennen mich Amba. Das bedeutet Mutter. Wir sind alle Mütter und Väter; wir sorgen für uns und für andere. Wir sorgen füreinander und halten das Gleichgewicht der Dinge."

Ich war überrascht zu fühlen, wie sich meine Zunge bewegte und hörte mich sagen: „Ich grüße dich, Amba. Mein Name ist Esmeralda. Danke, dass ich heute hier sein darf."

Sie lächelte mir zu. Sie hatte etwas Sanftes; dennoch machte mich ihr klarer, fester Blick unsicher. Ich hatte das Gefühl, dass sie komplett durch mich hindurchsehen konnte.

Mit einem weiteren Lächeln deutete sie auf ein Kissen am Boden und bat mich, Platz darauf zu nehmen. Dann ging sie zu Alda, wechselte ein paar Worte mit ihr und kam allein zu mir zurück. Alda verschwand wortlos.

„Deine Cousine kommt dich später abholen. Es ist besser, wenn wir allein miteinander sind. Was führt dich zu mir, Schwester?"

„Amba, ich weiß gar nicht, wo ich anfangen soll. Erst einmal bin ich ziemlich verwirrt, weil ich es nicht erwartet habe, heute hier die Frau zu treffen, die mir in einigen meiner Träume begegnet ist! Ich habe keine Ahnung, was hier geschieht und ich muss zugeben, in diesem Moment überfordert zu sein. Fast dachte ich, ich verliere das Bewusstsein, als ich dich vorhin zum ersten Mal sah, denn ja, ich kenne dich aus meinen Träumen! Dennoch sehe ich dich heute zum ersten Mal! Ich fühle Verwirrung und brauche Zeit zum Nachdenken."

„Glaubst du an Zufälle?", fragte sie bedächtig.

„Ich weiß es nicht."

„Denkst du, es ist ein Zufall, dass deine Cousine dich gerade heute zu mir gebracht hat?"

„Ich weiß es nicht. Ich denke aber nein, wenn du so fragst …"

„Was glaubst du? Besser gesagt, was fühlst du gerade?"

Ich seufzte und wusste nicht, was ich antworten sollte. Die Situation kam mir so seltsam und mystisch vor. Dennoch versuchte ich mich zu beruhigen und klare Gedanken zu fassen. Meine Gedanken begannen sich um mein Leben zu drehen: Für die meisten Menschen war ich eine erfolgreiche Frau. Ich hatte eine gute Arbeit, einen liebevollen Partner und eine verlässliche, liebevolle Familie. Doch fühlte sich mein Leben leer an. Ich hatte das Gefühl, ewig auf der Suche zu sein. Durch das Gefühl, es fehle mir etwas, fühlte ich mich tatsächlich verloren.

„Liebst du dein Leben?"

Woher wusste Amba, dass ich gerade über mein Leben nachdachte? Mein Gedanke, dass sie durch mich hindurchsehen konnte, war also richtig gewesen.

„Ich habe alles, was ich brauche, um es zu lieben. Ich bin dankbar für die Menschen um mich herum."

„Aber liebst DU dein Leben? Liebst DU DICH selbst?"

23

Die Art, mit der sie das „DU" und das „DU DICH selbst" betont hatte, war nicht zu überhören. Der scharfe Ton klang noch einige Sekunden in meinen Ohren nach.

„Ich weiß es nicht. Ich fühle mich verloren, obwohl ich doch alles habe, was ich brauche. Meine Familie ist liebevoll zu mir, ich kann mich auf sie verlassen. Und seit Kurzem habe ich einen liebevollen Partner, der mir Zuneigung, Liebe und Respekt schenkt. Vor ihm hatte ich eine Beziehung, die in Ordnung war. Es war eine sehr lange Beziehung, und irgendwie hatte ich mich mit meinem Ex-Partner daran gewöhnt, das Leben so zu sehen wie die meisten. Irgendwann aber fühlte ich, dass mich diese Beziehung nicht mehr erfüllte. Ich war nicht mehr glücklich. Dennoch wollte ich mein bekanntes, vertrautes Leben weiterleben und es nicht verlassen, vielleicht aus Bequemlichkeit.
Außerdem ist mein Ex-Partner kein schlechter Mensch. Er liebte mich, und ich wollte ihn nicht verletzen. Ich wusste außerdem gar nicht, was ich unseren Freunden, Bekannten und Verwandten hätte sagen sollen. Ich wollte doch nicht die Böse oder Verräterin sein! Ich will keinem Menschen wehtun und unsere Familien nicht enttäuschen. Doch irgendwann lernte ich Ben kennen. Jedes Mal, wenn ich ihn traf, fühlte ich, wie mein Herz lebte. Eine neue Welt. Das Gefühl mit ihm war so neu und erfüllend. Die Einfachheit und Reinheit seiner Gefühle, unserer Treffen waren überwältigend schön. Ich hatte das Gefühl, Ben sieht und akzeptiert mich, wie ich wirklich bin.
Die letzten Monate waren sehr anstrengend für mich, für uns alle. Aber was passieren sollte, passierte. Ich verliebte mich in Ben und hatte keine andere

Möglichkeit, als mich von meinem Ex-Partner zu trennen. Meine Gefühle waren nicht mehr länger zu verleugnen. Nun bin ich seit einem Jahr mit Ben zusammen, und ich bereue diese Entscheidung keine einzige Minute.

Er scheint mich sogar besser zu kennen als ich mich selbst. In der Zeit der Trennung von meinem Ex-Partner hat er mir so viel Verständnis und Liebe entgegengebracht. Ich wusste einfach, es gibt vieles, was ich mit ihm entdecken und erleben will. Es fühlte sich so an, als wäre es eine Schande, uns keine Chance zu geben."

„Was führt dich also zu mir?", fragte Amba abermals.

„In bestimmten Zeiten fühle ich immer so etwas wie ein Loch im Herzen, in mir, in meinem Leben. Ich habe das Gefühl, etwas fehlt mir oder fehlt in mir. In den letzten Jahren konnte ich mich der Gesellschaft so anpassen, dass ich dieses Gefühl gut ersticken konnte. Ich habe das Gefühl, ewig auf der Suche zu sein, obwohl ich anscheinend alles habe und dankbar dafür sein sollte. Ich fühle mich schuldig, so zu fühlen. Und ich will wissen, was mit mir nicht stimmt."

Amba schwieg und wischte behutsam die Tränen ab, die ich nicht mehr hatte zurückhalten können. Es war schön, in diesem Moment meiner Verletzlichkeit ihre liebevolle Art zu fühlen. Auch wenn ich sie tatsächlich zum ersten Mal traf, fühlte sich ihre Anwesenheit vertraut an. Und ich wusste dadurch, ich konnte mich ihr emotional öffnen. Ich war bereit, mich auf sie einlassen.

„Wir können in dieses Gefühl der Leere hineinschauen. Es könnte eine lange Reise werden, aber Schwester, wenn du ja sagst, gibt es kein Zurück mehr. Willst du das?"

„Deswegen bin ich hier. Ja, ich will es!"

Amba stellte mir noch zweimal die Frage, ob ich diese Reise mit ihr wirklich antreten wollte, und zweimal sagte ich „Ja". In diesem Moment kam das Mädchen, das uns draußen empfangen hatte, mit zwei Tassen und einer mit Sand gefüllten Schüssel herein. Sie stellte alles auf einen Tisch und ging hinaus. Nun war die Tür zu, es war dunkel draußen und ich wusste zum zweiten Mal an diesem Abend, es gab kein Zurück mehr für mich.

Amba stand auf und zog langsam die Vorhänge vor den Fenstern zu. Danach zündete sie eine weitere Kerze an und verbrannte weitere Kräuter in einem kleinen Gefäß. Ich hatte keine Ahnung, wie spät es inzwischen war, wo sich Alda befand und wie viel Zeit ich hier verbringen würde. Trotz der zusätzlichen Kerze hatte ich das Gefühl einer dichteren Dunkelheit, die vielleicht aus mir selbst kam.

Amba bat mich, mich bequem hinzusetzen und die Beine nicht übereinander zu schlagen. Sie reichte mir eine der beiden Tassen und forderte mich auf, sie auszutrinken. Ich schmeckte ein bitteres, warmes Getränk und hatte keine Ahnung, was es war. Amba nahm die andere Tasse und leerte sie. Einen kleinen Teil spuckte sie in das Gefäß mit dem Sand und begann mit den Fingern, mir unbekannte Symbole zu zeichnen.
Nach ein paar Minuten begann sie zu singen. Dabei saß sie mir gegenüber, und ich konnte ihre Augen, die mich durchbohrten, gut sehen. Sie begannen, wie Sterne zu

leuchten. Auf einmal hatte ich das Gefühl, es gäbe tausende Kerzen in dem Raum, die angezündet worden waren.

Amba sang weiter und begann ihren Kopf wie eine Schlange hin- und herzuschwingen; dennoch schienen ihre Augen die ganze Zeit auf mich fixiert zu sein. Langsam begann ich unaufgefordert, mich wie sie zu bewegen und spürte, wie alle Gedanken von mir wichen. Mein Kopf und mein Körper ließen sich von ihrem Gesang erfassen und mitziehen wie von einem mächtigen Strom.

Vor einigen Jahren hatte ich an einer schamanischen Trommelsitzung teilgenommen. Ich konnte deshalb erahnen, was mir bevorstand. Mein Geist begann langsam, sich von den Fesseln des Verstandes zu lösen. Ich geriet in Trance.

Ich konnte nichts mehr kontrollieren. Allmählich fühlte ich, wie sich mein Körper langsam aufrichtete und ich zu tanzen begann. Dann fühlte ich, wie ich rannte. Ich war nicht mehr in dem Zimmer. Ich ging auf einmal barfuß durch einen Wald. War es der Wald, den ich vorhin mit Alda gesehen hatte? Er war wunderschön und dufte nach Liebe und Freiheit. Überrascht, dass Liebe und Freiheit eigene Düfte besaßen, ging ich einfach weiter und sah alles an, was mich umgab. Es war schön. Auf irgendeine Weise war es nicht mehr Nacht, sondern die Dämmerung eines frühen Morgens. Welcher Tag war heute? Zeit schien keine Rolle mehr zu spielen. Ich ging einfach weiter durch den Wald, bis ich vor mir eine Hütte sah. Davor saß ein kleines Mädchen. Sie weinte.

Ohne darüber nachzudenken, rannte ich zu ihr. Als sie mich kommen sah, stand sie auf und trat ein paar

Schritte zurück.

„Hallo, Kleines. Hab keine Angst. Ich will dir nichts tun", sagte ich. Dabei schenkte ich ihr mein schönstes Lächeln und blieb stehen.

„Was tust du hier so ganz allein und wo sind deine Eltern?"

Sie schwieg und schaute mich nur an.

Ich ging nicht weiter auf sie zu, sondern suchte nach einem Platz und setzte mich auf den Boden. Erst in diesem Augenblick erkannte ich, dass ich ein Kleid trug. Es war beige, wie das von Amba. Amba! Wo war sie eigentlich? Sollte ich in diesem Moment nicht mit ihr oder bei ihr sein? Der Gedanke verschwand jedoch so schnell wie er gekommen war, und ich richtete meine ganze Aufmerksamkeit wieder auf das Mädchen.

„Wie heißt du, Kleines? Mein Name ist Esmeralda, aber die meisten nennen mich einfach Sralda."

Das Mädchen schwieg noch immer.

Ich wusste nicht mehr, was ich machen sollte. Plötzlich erinnerte ich mich, dass ich als Kind, von den anderen weggegangen bin, wenn ich traurig war und Symbole in den Sand gezeichnet hatte, während ich dazu sang. Nun begann ich das Gleiche zu tun und fühlte mich auf einmal traurig und allein gelassen. Die Leere, die immer wieder in mir war, wurde in diesem Augenblick noch stärker spürbar als sonst. Auf einmal wurde mir schlecht, und ich hatte Angst, mich vor dem Mädchen übergeben zu müssen. Ich verlangsamte meinen Gesang und versuchte durch langsame Atemzüge, diese starken Empfindungen zu beruhigen.

„Suddhosi Buddhosi Niranjanosi, Samsāra Māyā

Parivar jitosi …!"

Auf einmal hörte ich, wie das Mädchen in meinen Gesang einfiel. Ich war verblüfft, dass sie das Lied kannte, denn es war ein Mantra mit der Bedeutung: *Du bist für immer rein. Du bist für immer wahr. Und der Traum dieser Welt kann dich nicht berühren.*

Viele Jahre zuvor hatte ich dieses Mantra sehr häufig gesungen, und dieses Mädchen stand nun da und sang einfach mit. Ich war dankbar, in diesem Moment doch nicht allein zu sein. Ich zeichnete weiter in den Sand und sang dabei unentwegt die vertraute Melodie.

Nach ein paar Minuten in diesem Zustand der Versenkung fühlte ich, wie sich das Mädchen mir langsam näherte und sich mir gegenüber hinsetzte. Sie fing an, die gleichen Symbole in den Sand zu zeichnen wie ich. Vielleicht zwanzig Minuten verbrachten wir damit. Irgendwann aber hörten wir beide auf zu singen und zu zeichnen. Wir saßen einfach nur da und schwiegen. Meine leicht geschlossenen Augen halfen mir, meine Aufmerksamkeit nach innen zu richten. Auf einmal hörte ich die Stimme des Mädchens in meinem Kopf: „Warum verleugnest du mich?"

Ich zuckte zusammen, öffnete blitzartig die Augen und schaute das Mädchen an. Sie saß da mit geschlossenen Augen, und ich hatte nicht das Gefühl, dass sie etwas gesagt hatte. Dann hörte ich ihre Stimme wieder in meinem Kopf: „Warum verleugnest du mich?"

„Redest du mit mir oder bekomme ich gerade Halluzinationen? Wie kommst du darauf, dass ich dich verleugnen kann ohne dich zu kennen?", fragte ich.

„Wirklich?", hörte ich sie erneut in meinem Kopf zu mir sprechen.

Das Treffen nahm nun eine Wendung, die mir nicht gefiel. Ich hatte gedacht, es wäre ein schöner Morgen, und nun saß ich einem kleinen Mädchen gegenüber, das mir komische Fragen stellte. Wie alt war sie eigentlich? Und war ich die Erwachsene oder sie?

„Was ist daran verwerflich, wenn ich dir diese Frage stelle? Ich möchte dich weder beleidigen noch kränken."

„Was willst du eigentlich von mir?"

Ich stand auf und schickte mich an, wegzugehen.

„Aha! Läufst du jetzt wieder weg? Das scheint für dich immer die beste Lösung zu sein, oder? Sobald eine Situation unangenehm zu werden droht, läufst du weg!"

„Was willst du von mir, kleines Mädchen?"

Ich vermochte kaum noch meine Stimme zu beherrschen. Ich schrie fast und fühlte, wie mir Tränen in die Augen stiegen. Ich fühlte mich wie ein Kind und hatte das Gefühl, mich rechtfertigen zu müssen. Die Situation gefiel mir überhaupt nicht. Ich hatte einfach keine Lust auf dieses Theater, das sich hier aufbaute. Warum wollte ich ihr eigentlich helfen? Hatte ich nicht genug mit mir selbst zu tun? Warum hatte ich überhaupt zu dem Mädchen hingehen wollen? War dies jetzt die Belohnung dafür, anderen immer helfen zu wollen? Dieses Gefühl kannte ich nur zu gut. Ja, es stimmte: Sehr oft in meinem Leben war ich weggerannt, wenn eine Situation unangenehm zu werden drohte. Ich wollte niemanden verletzen. Aber wie war es mit mir selbst? Wer sorgte eigentlich für mich?

Das Mädchen vor mir war zwar ein kleines Kind, und ich wusste nicht, wo sie herkam. Doch sie schien die richtigen Fragen zu stellen. Ich ging zu ihr zurück und setzte mich ihr gegenüber.

„Ich weiß nicht, wer du bist und woher du kommst. Ich weiß auch nicht, was du von mir willst. Ich kenne dich nicht, und ich kann mich nicht erinnern, dich je verleugnet zu haben."

„Warum bist du hier? Du suchst nach Antworten. Du suchst nach dem Grund, warum du angeblich ewig auf der Suche bist. Ich kann dir helfen, in dich hineinzuschauen. Willst du das?"

Ich war verblüfft. Ich sollte Ratschläge von einem kleinen Mädchen entgegennehmen, einem Kind, das offenbar über vieles Bescheid wusste und telepathisch mit mir kommunizieren konnte.

„Hat Amba dich geschickt? Wer bist du?"

„Ist das so wichtig zu wissen, wer ich bin und woher ich komme? Reicht es nicht, dir die Antworten zu geben, nach denen du suchst?"

„Wie soll ich dich nennen?"

„Ich habe viele Namen, aber nenn mich Sralda."

Ich öffnete die Augen und sah sie verblüfft an. Das Mädchen saß mit geschlossenen Augen weiterhin ganz entspannt und ruhig da, und ihre Lippen schienen sich nicht bewegt zu haben. Ich sollte sie also bei meinem eigenen Namen nennen. Wie absurd, wie unbegreiflich! Warum stand ich nicht erneut auf und ging?

„Ich habe dich nicht verleugnet", hörte ich mich stattdessen sagen.

„Indem du dich verleugnest, verleugnest du mich. Lass mich die Frage anders stellen, damit du sie besser verstehst. Warum verleugnest du dich selbst?"

Ich seufzte, aber als ich die Augen wieder öffnen wollte, sagte sie: „Es ist nicht erforderlich, die Augen zu öffnen, um mir zu antworten. Und es ist nicht wichtig, deine Worte zu hören, um ihre Schwingung wahrzunehmen. Erlaube deinen Gefühlen, mir die Antwort zu geben, indem du dich ihnen hingibst. "

Also schwieg ich und horchte in mich hinein. Warum verleugnete ich mich? Und hatte ich es überhaupt getan? Plötzlich sah ich mich wieder als Kind, oft allein und abgesondert, obwohl ich die Begegnung mit Menschen schätzte und kontaktfreudig war. Ich spielte allein, liebte den Kontakt des Sandes und zeichnete Spiralen in ihn hinein. Meist waren diese einsamen Spiele begleitet von Gesängen und Tränen. Wenn andere mich dabei sahen und danach fragten, was mit mir los war, antwortete ich nur: „Ich will nach Hause."

Irgendwann begannen meine Eltern, sich Sorgen zu machen und fragten mich, ob alles mit mir in Ordnung sei. Um sie nicht noch mehr zu beunruhigen, versicherte ich, dass alles in Ordnung sei. Nun begann ich mich zu verstecken, um allein zu weinen. Niemand sollte es sehen. Es war wichtig, so wie alle anderen zu sein. Wie meine Schwester, meine Cousine und alle Kinder, die ich kannte. Sie waren normal, und alles war gut.

„Was ist normal?"

Die Stimme des Mädchens in meinem Kopf holte mich aus meinen Gedanken.

„Geh weiter", sagte sie.

Wegen der Reaktion meiner Eltern auf mein Verhalten wusste ich, dass sie sich Sorgen um mich machten, und das wollte ich nicht. Von meiner Cousine hörte ich einmal in dieser Zeit, dass meine Großmutter väterlicherseits, die ich nicht gekannt hatte, als Kind eine große Gabe gehabt hatte: die Gabe der Hellsichtigkeit.

Sie konnte Menschen die Zukunft vorhersagen. Das war ein Problem für ihre Familie, denn sie wollten diese Gabe nicht akzeptieren. So wurde meine Großmutter irgendwann von ihrer Familie verstoßen, da sie sich weder ändern noch das Geschenk ihrer Gabe verleugnen wollte. In meinem Großvater fand sie einen liebevollen Mann, der sie über alles liebte. Sie bekam Zwillinge, relativ schnell nach der Hochzeit. Leider überlebte aber nur eines der Kinder die Geburt: mein Vater. Der Verlust des eigenen Kindes, und dass ihre eigene Familie sie verstoßen hatte, hatte viel Kummer in ihr Herz gesenkt. Dennoch war sie, so hatte ich gehört, eine liebevolle Frau gewesen, die ich gern kennengelernt hätte. Ich hörte von vielen Verwandten, dass ich ihr sehr ähnlich sehe. Ich konnte es nicht ganz nachvollziehen, da das einzige Bild von ihr, das ich vor längerer Zeit bei meinem Vater gesehen hatte, sie mit meinem Großvater zeigte, als sie heirateten. Unter dem vielen Schmuck, der bei Hochzeiten in unserer Kultur üblich war, konnte ich ihr Gesicht kaum erkennen. Von meiner Cousine erfuhr ich außerdem, dass, die wenigen vorhandenen Bilder von ihr verbrannt worden waren, nachdem ihre Familie sie verstoßen hatte. Offenbar glaubten meine älteren Verwandten an den bösen Geist, dessen Energie in Bildern weiterleben würde.

Meine Großmutter starb, als mein Vater zwölf Jahre alt war. Sie starb einfach im Schlaf. Keiner wusste, welche Krankheit sie hatte, aber sie wusste, dass sie gehen würde. Sie hatte, so erzählte mir meine Cousine, meinem Großvater vieles über die Welt der unsichtbaren Dinge beigebracht. Oft war sie auch mit meinem Vater, als er jung war, im Wald gewesen und hatte ihm manches über ihre Gabe berichtet. Als mein Vater einundzwanzig wurde, starb mein Großvater. Nach dem Tod meiner Großmutter hatte er nicht mehr geheiratet und sein Leben damit verbracht, anderen Menschen auf ihrem Weg der Selbsterkenntnis und Selbstheilung zu helfen.

„Eine tiefe Verbundenheit mit der Natur in deiner Vaterlinie. Geh weiter."

Diesmal hörte ich die Stimme des Mädchens wie in einem Traum. In mir stieg nun das Bild meines Vaters empor. Er war ein liebevoller Vater gewesen, und ich hatte ihn über alles geliebt. Vor drei Jahren hatte er uns verlassen, aber ich wusste, er war nun bei seiner Mutter gut aufgehoben. In den letzten drei Jahren, in denen es mir nicht gutgegangen war, hatte ich immer wieder von ihm geträumt. Er sagte nie etwas zu mir im Traum, aber er brachte mir frische Nahrungsmittel oder bat mich, ein Stück mit ihm durch den Wald zu gehen. Als er noch lebte, hatten wir nie über meine eigenartigen Wahrnehmungen als Kind geredet. Er hatte nie etwas dazu gesagt. Auch meine Mutter hatte nie viele Worte darüber verloren. Nur einmal hatte sie zu mir gesagt: „Wo auch immer du glaubst herzukommen, du bist unsere Tochter, und dein Vater und ich haben dich sehr lieb."

In dieser Zeit versprach ich mir selbst, nicht mehr über meine Erlebnisse zu reden, um meine Eltern nicht zu verletzen oder zu beunruhigen. Ich redete mit keinem mehr darüber. Ich weinte auch nicht mehr und war nach außen wie alle anderen Kinder.

Doch immer noch war diese Leere in mir, und sie war noch größer als zuvor. Oft träumte ich von einem großen, schwarzen Loch. Ich konnte das alles nur vergessen, indem ich mich mit Dingen beschäftigte, die meine Aufmerksamkeit nach außen lenkten. Ich begann, mich mit allem außer mit mir selbst zu beschäftigen, denn ich hatte Angst, dieser Leere in mir zu begegnen. Außerdem wollte ich nicht das gleiche Schicksal erleiden wie meine Großmutter. Denn was wäre, wenn alle denken würden, ich hätte die gleiche Gabe und würde mich deshalb so sonderbar verhalten? Bestimmt würden sie mich trotz ihrer Liebe auch verstoßen! Und das könnte ich nicht aushalten.

„Der Beginn der Verleugnung!"

Ich wusste es, bevor ich die Stimme des Mädchens wieder in meinem Kopf hörte. Im Grunde dachte ich, wenn ich diese Leere schon mitgebracht hatte, würde sie ewig bleiben. Sicher hatte ich sie durch das Verdrängen oder Wegschauen in mir verstärkt, aber sie war immer da und würde bestimmt für immer bleiben.

Panik stieg in mir empor. In diesem Moment spürte ich, wie die Hände des Mädchens meine eigenen berührten. Sie waren zart und warm. Ich öffnete die Augen. Sie saß jetzt direkt vor mir, obwohl ich mich nicht erinnern konnte, Bewegungen gehört zu haben. Unsere Knie berührten sich fast, und ihre Augen blickten tief in meine hinein. Dabei sagte sie mit lauter Stimme: „Sralda, höre mir bitte gut zu. Öffne dich meinen Worten und versuche nicht alles logisch verstehen zu wollen. Fühle die Worte, die ich dir nun sagen werde: Es gibt keine Zufälle. Ich bin hier, weil du mich gerufen hast. Wer bin ich? Wir haben viele Namen."

„Wir?"

„Ich bin du, und du bist Ich. Wir sind eins – aber dennoch nicht gleich. Ich könnte sagen, dass du weiter als meine Fortführung in der Zeit lebst, und ich lebe in deiner Erinnerung. Auch wäre es zulässig zu sagen, dass es dieses „wir", von dem ich rede, gar nicht gibt und dass alles, was wir glauben wahrzunehmen, eine Illusion ist. Verleugnungen, Schmerzen, Wunden und noch vieles mehr sind da, damit wir erwachen, aus dem tiefen Traumzustand aufwachen. Du fragst dich bestimmt, warum du dich gerade jetzt entschieden hast zu handeln. Die Antwort wirst du später erhalten. Doch will ich dir bereits jetzt eine wichtige Botschaft mitgeben. Die von dir gefühlte Leere ist nichts Bedrohliches, sondern etwas Wunderschönes. Nur der Verstand, der alles kontrollieren und verstehen will, hat Angst vor ihr. Diese Leere begleitet uns immer, denn sie ist unser Ursprung. Wir kommen aus ihr und gehen irgendwann zurück zu ihr, kommen wieder und gehen wieder: Der Kreislauf von Geburt und Tod. Dein wahres Selbst aber bleibt immer rein und unberührt: Suddhosi Buddhosi. Das, was du als Leere fühlst, ist die Ganzheit der Dinge, ohne Einfluss von Zeit und Raum. Die Spiralen, die du zeichnest, sind Bewegungen im Universum, die Bahnen, die die Seelen nehmen, um zu gehen und zurückzukommen. Aufgrund der Unruhe im Mutterleib entschied sich deine Seele vor Ende eurer Zeitrechnung von neun Monaten, das Licht der Erde zu erblicken. Zufall? Nein. Deine Seele, die du immer mehr spürst, traf die Entscheidung, sich an bestimmte Schwingungen zu erinnern. Sei froh, dass sie dir dadurch starke Weckimpulse des Erwachens schenkt. Dieses Gefühl der Leere wird dich immer begleiten."

„Immer?"

„Ja. Aber sieh es als Chance, denn du erinnerst dich in ihr, woher du kommst. Nur, wenn du dieses Gefühl als Bedrohung siehst, entsteht die ewige Suche. Wonach suchst du, wenn alles bereits in dir ist? Wonach suchst du, wenn du weißt, es gibt nichts, wonach du suchen solltest? Deine Seele hat Heimweh; sie will wieder nach Hause. Aber vergegenwärtige dir, dass alle anderen Seelen hier auch weit weg von Zuhause sind. Doch Zuhause, das ist immer in dir und daher nie weit. Du begegnest vielen Menschen. Manche führen dich mehr zu dem Gefühl des Ankommens: Pflege diese Begegnungen. Andere scheinen dich von diesem Gefühl zu entfernen: Bedanke dich im Herzen und geh deinen Weg weiter. Dies alles sind Möglichkeiten, damit du für dich klar entscheiden kannst, was du tun willst. Nun habe ich dir erklärt, warum du hier bist. Willst du noch etwas von mir wissen, bevor du gehst?"

„Tiefe und weise Worte. Wenn du doch alles weißt, warum hast du dann geweint, als ich dich sah?"

„Ich war DU, und jetzt bist du ICH. Und DU strahlst. Verstehst du, Schwester? Alles ist EINS, und dennoch nicht gleich. Geh jetzt. Amba wartet schon auf dich. Die Reise geht weiter."

Sie stand auf und verschwand. Ich hatte keine Zeit, über alles nachzudenken, denn nun sah ich, wie Amba an mir vorbeiging und mich bat, ihr zu folgen. War sie die ganze Zeit hier gewesen? Warum hatte ich sie zuvor nicht gesehen? Ich stand auf und folgte ihr schweigend. Ich hatte das Gefühl, dass gar keine Zeit vergangen war, denn wir schritten noch immer durch die Morgendämmerung. Ich ging ein paar Schritte hinter Amba und fühlte den Wind auf meinen Wangen. Ich fühlte mich gut. Alles, was ich von dem Mädchen erfahren hatte, klang logisch und wirkte befreiend.

Ein Geräusch riss mich aus meinen Gedanken. Überrascht drehte ich den Kopf nach Osten, die Richtung, aus der das Geräusch kam. Jemand rief meinem Namen! Ohne Rücksprache mit Amba drehte ich mich sofort um und ging in diese Richtung. Nach einigen Metern sah ich immer noch niemanden; dennoch brachte mich irgendetwas dazu, diesen Weg weiterzugehen, und so ging ich immer tiefer in den Wald hinein. Ich wusste nicht mehr, wo Amba war, dennoch spürte ich ihre Gegenwart in meiner Nähe, als ob sie mir wie ein Schatten folgte. Ohne Zeitgefühl ging ich weiter und erlaubte mir zwischendurch kleine Pausen. Es war so still in dem Wald, und diese Stille tat mir sehr gut. Ich hatte das Gefühl, zu Hause angekommen zu sein. Immer wieder begegneten mir Eichhörnchen auf meinem Weg, die mich ein Stück begleiteten und dann wieder ihrem eigenen Pfad folgten.

Meine Schritte verlangsamten sich, als ich ein paar Meter von mir entfernt eine Frau sah. Sie saß auf einem Baumstumpf, den Rücken zu mir gedreht. Sie schien mich bereits gehört zu haben, denn ohne sich umzudrehen hob sie die Hand und bat mich, zu ihr zu kommen.

Überrascht fühlte ich, dass mein Herzschlag sich beschleunigte, und ich ging erwartungsvoll weiter in ihre

Richtung. Kurz bevor ich sie erreichte, drehte sie sich um und sagte: „Willkommen, Enkelin! Ich bin froh, dass wir uns hier begegnen."

Ich rannte zu ihr und fiel zu Boden. Meine Stirn lag auf ihren Füßen und ich begann zu weinen. Schließlich hob ich meinen Kopf, schaute zu ihr auf und fragte: „Großmutter, bist du es wirklich? Träume ich gerade?"
Sie lächelte. „Ist nicht alles ein Traum, mein Kind? Und ist nicht alles auch real? Wo ist der Schleier, der unsere Wahrnehmungen trennt, und wo kommt er her?"

Tatsächlich wusste ich nicht mehr, wo ich mich befand und was Wirklichkeit war. Wie war es möglich, dass ich mit meiner verstorbenen Großmutter reden konnte? Ich hatte sie nur auf einem einzigen Bild gesehen und konnte ihr Gesicht damals nicht gut erkennen. Trotzdem wusste ich sofort, dass sie es war. Auch sie kannte mich doch gar nicht. Woher wusste sie, gerade ihrer Enkelin zu begegnen?

„Alles ist EINS, dennoch alles nicht gleich. Die geistige Welt ist immer da. Damit meine ich die Wesen, die sich gerade ohne physischen Körper in dieser Dimension aufhalten. Wir sind da und wachen über euch. Wir sind von euch nur durch einen dünnen Schleier getrennt. Manche fühlen und sehen uns dennoch, manche nicht. Deine Reise mit Amba ermöglicht es mir heute, mich vor dir zu zeigen. Sonst komme ich, wie dein Vater, nur in deine Träume, in deinen Momenten tiefster Nöte und Hoffnungen. Ich bin froh, dass du mich gerufen hast und dass du gekommen bist."

Warum war ich nicht überrascht, dass auch sie meine Gedanken lesen konnte?

Sie lächelte.

Ich schaute zu ihr und konnte nicht glauben, was ich gerade erlebte. Ich nahm ihre Hände in die meinen und küsste sie.

„Großmutter, ich sehe dich zum ersten Mal, doch du kommst mir sehr vertraut vor. Ich bin sehr froh, dich zu sehen und dir zu begegnen! Wie ist das alles möglich? Aber, sag mir bitte, warum bist du hier?"

Sie schaute ernst zu mir.

„Ich bin hier, weil deine Seele mich gerufen hat. Die Zeit ist nun gekommen. Durch mich sprechen alle deine Ahnen zu dir, und ich komme in unser aller Namen. Wir danken dir, dass du hier bist. Und dass du in den letzten Jahren viel versucht hast, um dich emotional zu heilen und dich von allen Lasten zu befreien. Wir gaben dir die Hilfe, die uns möglich war und waren dankbar, dass du trotz vieler Schwierigkeiten nicht aufgehört hast, deinen Weg zu gehen. Du hast immer weitergesucht und hast dich von dieser Leere, vor allem in den letzten zwölf Monaten, nicht abhalten lassen. Obwohl dein Leben scheinbar erfüllt ist, kommst du nie wirklich zur Ruhe. Du schläfst kaum mehr als vier Stunden in der Nacht, seltsame Träume kommen zu dir, und du hast mancherlei Empfindungen und Bilder, über die du mit niemandem reden kannst. Bestimmt fragst du dich jetzt, woher ich das alles weiß? Nun, wir sind in deinen Träumen. Nicht in allen, aber in manchen. Wir bereiten dich vor. Ich habe nicht viel Zeit. Kind, hör mir bitte gut zu!"

Ich war sehr verwirrt und spürte gleichzeitig eine eigenartige Angst. Was würde ich jetzt hören? Meine

Großmutter sah mich schweigend an, dann bat sie mich, aufzustehen.

„Lass uns ein wenig gehen." Sie ging die Lichtung entlang.

„Wir sind Heiler und Hüter des Wissens. Wir kommen immer wieder, in Zyklen, wenn die Zeit für uns reif ist und die Menschen bereit sind, unser Wissen anzunehmen."

„Woher kommt ihr?"

Sie sah mich an. „Es ist nicht tunlich, dir diese Frage jetzt zu beantworten. In der geistigen Welt gibt es mancherlei Aufgaben und Seelenfamilien, die sie ausführen. Die Aufgabe unserer Seelenfamilie ist Heilung und Weitergabe des Wissens. Du gehörst zu uns. Diese Gabe ist dir in den letzten Monaten bewusst geworden. Seit du deinem Lebensgefährten begegnet bist. Er hat eine Tür in dir geöffnet. Daher haben wir nicht mehr viel Zeit. Du kommst nun ganz in deine Kraft. Bald wirst du spüren, was ich meine."

Sie machte eine Pause und blickte zu mir, um sich zu vergewissern, dass ich alles verstanden hatte, was sie mir gesagt hatte. Ich nickte nur und ging mit ihr weiter.
Sie sprach weiter: „Vor langer Zeit kam ich zurück, um die Wunden meiner irdischen Familie zu heilen. Du musst wissen, das, was du als Familie kennst, die irdische Familie, ist nicht immer mit der Seelenfamilie gleichzusetzen. Wir sind bereit, dorthin zu gehen, wo wir gebraucht werden und wo wir uns entwickeln können. Gewisse Erfahrungen sind nur in der materiellen Welt möglich – vor allem solche, die eine Seele oder Seelenfamilie voranschreiten lassen. Die Identifikation mit einer Aufgabe ermöglicht erst die

Inkarnation einer Seele. Deswegen ist sie nicht mit der Energie der Quelle gleichzusetzen, obwohl sie aus IHR entsteht und besteht. Wichtig für dich zu wissen ist: Die Mitglieder einer Seelenfamilie finden sich in bestimmten Konstellationen immer wieder. Daher traf dein Vater auf mich und du trafst auf ihn. Wir alle kommen aus der gleichen Seelenfamilie. Es gibt noch weitere Mitglieder, so wie Amba, die die Rolle von Wegweisern übernehmen. Wir alle sind Mütter und Väter und sorgen für uns. Wir urteilen nicht, sondern stellen nur sicher, dass unsere Aufgaben erfüllt werden. Und wenn nicht, kommen wir wieder, um sie zu vollenden. Verstehst du, Kind?"

Ich war verwirrt. Ich hatte immer gedacht, alle Menschen seien Seelen, nur trügen wir in einem Leben verschiedene Kostüme, um das Spiel des Lebens zu spielen. Doch anscheinend gab es ernstere Rollen und Aufgaben. Meine Großmutter unterbrach den Fluss meiner Gedanken.

„Es mag sein, dass einige Seelen sich in der materiellen Welt, auf der Erde, ausruhen oder erholen. Ich weiß es nicht. Das wissen nur die Hüter der göttlichen Ordnung. Im Universum vollzieht sich alles nach einem Plan, einer gewissen Struktur. So hält sich das Ganze im Gleichgewicht. Sicher können die Menschen das tun, worauf sie Lust haben, denn sie sind frei. Doch es hat immer Auswirkungen: Aktion und Reaktion. Bestimmt kennst du den Begriff Karma. Wenn bestimmte Aktionen das Gleichgewicht des Universums zu zerstören drohen, handeln andere Instanzen. Wir sind viele in diesem Universum, etwa die Naturgeister, die Aufgestiegenen Meister oder die Engel. Jede Gruppe, jede Familie hat eine bestimmte Aufgabe, und wir halten das Ganze im Gleichgewicht. Auch wenn das Ganze ein Spiel ist, ist es Teil des Spiels, die Spielregeln zu kennen und zu befolgen? Kind, erlaube mir, dir näher zu erläutern, warum ich hier bin."

Sie ging ein paar Schritte, beugte sich hinunter und berührte die Erde. Dann hörte ich sie sagen: „Die Erde ist mein Zeuge. Mutter, Vater, ICH BIN."

Sie stand wieder auf und suchte nach einem Ort, an dem wir uns niederlassen konnten. Auf einem kleinen Stück Wiese setzte sie sich mir gegenüber und schaute mir tief in die Augen.

„Es würde Tage, ja Wochen dauern, um dir alles zu enthüllen. Es ist aber nicht notwendig, denn deine Seele weiß es bereits und erinnert sich allmählich an alles. Vor längerer Zeit trafen wir in unserer Seelenfamilie die Entscheidung, diesen Teil der Erde zu hüten. Wir kamen immer wieder, um die Kraftorte hier zu schützen, Menschen mit unserer Gabe zu versorgen und zu begleiten. Ein bestimmtes Ereignis ließ uns spüren, dass die Schatten – die auch ihre Daseinsberechtigung haben – langsam überhandnahmen. Es wurde ermüdend für uns, länger hier zu bleiben.
Unsere Schwingung verlangsamte sich immer mehr, da der Traumzustand der Menschen und des Menschenseins tiefer wurde. Unsere Erinnerungen wurden kaum noch greifbar. Mit jedem Trauma und jedem Vergessen durch die Geburt wurde es für uns schwieriger, uns an unsere Aufgaben zu erinnern. Oft erlebten wir, dass unsere Seelen sich früh zurückzogen, denn während wir ein Leben leben, bekommen wir die Möglichkeit, gewisse Entscheidungen oder Anpassungen zu treffen. Unsere Erholungsphasen in der geistigen Welt wurden immer länger, und langsam fühlten wir, dass wir es bald nicht mehr schaffen würden, unsere Seelenaufgabe zu

erfüllen. Wir baten um Hilfe, und so kamen Lichtbewohner anderer Familien und Ebenen, um uns zu helfen.

„Großmutter, verzeihe bitte, dass ich dich unterbreche, aber ich verstehe nicht ganz. Ich habe mich in den letzten Monaten auf unerklärliche Weise intensiv mit den Themen der Wiedergeburt und Spiritualität beschäftigt, dennoch kann ich einigen deiner Sätze nicht ganz folgen. Manche deiner Worte verwirren mich. "

Sie schaute liebevoll zu mir, nickte und fuhr fort. „Kind, ich weiß. Dennoch erlaube mir, weiterzureden und versuche bitte nicht, alles zu verstehen. Zum richtigen Zeitpunkt wird alles, was du heute erfährst, ein vollständiges Bild ergeben. Wo war ich stehen geblieben? Ja! Wir hatten andere Seelengruppen kontaktiert, und sie waren bereit, mit uns zusammen-zuwirken, sodass neue Aufgaben entstanden. Wir wurden in Geheimnisse des Universums eingeweiht, etwa über Symbole, und erhielten mächtige Zugänge. Auch erfuhren wir vieles über die Kraft von Zwillingen, um das Gleichgewicht zwischen den Polen herzustellen. Es gab viele Vorkehrungen zu treffen, doch würden wir es schaffen, unsere Kräfte so zu kanalisieren, dass die Zwillinge sich bei ihrer Geburt an ihren Seelenplan erinnern könnten, bestünde die große Chance, dass sie alles wieder in Einklang bringen würden. Ihr Licht wäre dann so machtvoll, dass es den Zugang für Engel, aufgestiegene Meister und weitere Lichtwesen gewähren würde."

„Vater", hörte ich mich sagen.

Meine Großmutter schaute zu mir und nickte.

„Ja. Ich dachte, ich würde es allein schaffen. Ich war bereit, als Mutter dieser Zwillinge zu dienen. Es kam alles dennoch anders als geplant, obwohl meine Helfer in der geistigen Welt mich darüber aufgeklärt hatten."

„Was geschah damals?"

„Die Seele deines Onkels entschied sich kurzfristig, zurückzugehen, da die grobe irdische Materie für hochschwingende Seelen zuweilen ein zu dichtes Kostüm ist. Und ich konnte ihn nicht aufhalten. Die Seele deines Vaters hingegen entschied sich zu bleiben. Sie bat allerdings darum, ihren Seelenplan zu ändern. Seine neue Aufgabe war es nun, deine Ankunft vorzubereiten."

Sie schwieg, doch nach einigen Sekunden stand sie auf und sprach weiter.

„Du trägst in dir eine unerfüllte Aufgabe, denn wir sind miteinander verbunden. Du trägst in dir das Gefühl jenes Versagens, das in mir ist. Die Antwort auf deine ewige Suche findest du nur in dir. Nur dort, wo du die Stimme deiner Seelenfamilie hören kannst. Sei bereit, das Gleichgewicht wiederherzustellen. Sei bereit, deine Aufgabe anzunehmen. Du bist eine Hüterin, wie ich und dein Vater. Um dir dies sagen zu können, bin ich heute zu dir gekommen. Nun muss ich wieder gehen. Dein Vater wartet auf mich, denn nun sind wir bereit, zusammen zurückzukommen, um alles mit dir zu vollenden. Komm, folge mir!"

Ich stand auf und ging ein paar Schritte mit ihr. Sie drehte sich zu mir, gab mir einen Kuss auf die Stirn, umarmte mich, und während sie mir etwas in die Hand legte, sagte sie: „Mutter, es war schön, dich zu sehen".

Beim Hören dieser Worte verschluckte ich mich fast. Mit großen Augen schaute ich sie an. Bevor ich jedoch eine Frage stellen konnte, hörte ich sie sagen: „Sorge dafür, dass wir uns erinnern, wenn wir wieder da sind. Wir lieben dich. Geh nun. Amba wartet auf dich."

Ohne sich noch einmal umzudrehen, ging sie und verschwand. Ich schaute in meine Hand: Da lag ein großer Bergkristall.

Ich hob mein Gesicht und sah Amba. Sie lächelte und wartete auf mich. Ich war nicht überrascht, sie zu sehen. Sie war eine Begleiterin und Wegweiserin, und nun war ich gespannt, was auf mich wartete. Sie schien meine Gedanken gelesen zu haben, denn sie blickte mich an und sagte: „Aller guten Dinge sind drei. Geh bitte. Er wartet schon auf dich!"

Sie entfernte sich, bevor ich etwas erwidern konnte und ich konnte sie nicht mehr sehen. Ich ging in die Richtung, die sie mir gezeigt hatte und sah einen jungen Mann an einem Feuer sitzen. Er bereitete offensichtlich irgendwelche Kräuter und schenkte mir sein schönstes Lächeln.

Mein Herzschlag beschleunigte sich. Ich rannte zu ihm. Er stand auf und umarmte mich. Dann gab er mir einen sanften Kuss und hielt meine Hände in seinen. Ich schaute ihn an und lächelte. Ich küsste ihn und fragte: „Was machst du denn hier, Ben? Mit dir habe ich überhaupt nicht gerechnet!"

„Ich weiß. Ich bin dennoch froh, dir hier zu begegnen, denn dieses Treffen wird für mich vieles einfacher machen. Ich war mir nicht sicher, ob es funktionieren würde, dich hier zu treffen."

„Ich verstehe nicht."

„Alle, die hier sind, sind da, weil eine Ebene in dir sie gerufen hat. Seelen können sich nur auf diese Weise begegnen. Verstehst du? Die Bereitschaft ermöglicht erst solche Zusammenkünfte auf dieser Dimension. Wir nehmen dabei bereits bekannte äußere Formen an, um die Begegnung zu erleichtern. Es gibt dennoch andere Wesen wie Geistführer, die in der Gestalt von Kindern gern erscheinen, um Menschen nicht zu erschrecken."

Ich schaute ihn verblüfft an, aber bevor ich etwas erwidern konnte, sagte er: „Ja, das kleine Mädchen war einer deiner Geistführer. Du bist ihm bereits in mehreren Leben begegnet. Zu seiner Zeit wird er dir offenbaren, wer er ist."

„Woher weißt du das alles, Ben?"

„Hier sind wir nicht voneinander getrennt. Alles ist ein Bild mit verschiedenen Teilen. Das Ganze kann nur aus Teilen bestehen, von denen jeder nur Teil des Ganzen ist. Somit sind wir EINS und dennoch nicht gleich. Warum bin ich hier, Esmeralda? Du hast mich gerufen."

Ich schaute ihn an und wusste nicht, wo ich anfangen sollte.

„Ben, es war mir nicht bewusst, dass ich dich gerufen habe. Dennoch bin ich froh, dass du hier bist. Ich habe heute viel über mich erfahren und eine Menge Erkenntnisse gewonnen. Ich fühle eine gewisse Angst und doch Sicherheit in mir, und viele Aussagen verwirren mich. Dennoch ist es so, dass alles in mir einen tiefen Sinn ergibt. Ich fühle es. Und es ist auch so, als wüsste ich bereits all diese Dinge. Ich habe gerade gar kein Zeitgefühl mehr, ich weiß nicht, wo wir sind, und …"

Ich brauchte eine Pause.

„Wir sind hier in einer anderen Welt, in der der Schleier aufgelöst ist. Mit deinen geistigen Augen kannst du nun vieles sehen und erkennen. Aber sprich bitte weiter: Warum bin ich hier?"

Ich sah ihn erneut an.

„Ich bin froh, dass unsere Wege sich getroffen haben. Ich bin dankbar, dich in meinem Leben zu wissen. In den letzten Monaten hast du meine Welt, meine Sicht erweitert und nun weiß ich, dass es vieles zwischen Himmel und Erde gibt, was wir nicht verstehen. Ich danke dir für deine Geduld mit mir. Und vor allem dafür, dass du mich nicht aufgegeben hast in der Zeit, in der ich mich seltsam verhalten habe. Ich hatte eine schwierige Phase und wusste nicht immer, was richtig und falsch war. Ich bin froh, dass du mir die Chance gegeben hast, dir zu zeigen, wer ich wirklich bin. Ich kann nichts Anderes sagen als Danke. Und dass ich dich liebe. Es ist ein großes Geschenk für mich, dich hier zu treffen. Alles ergibt einen Sinn. Es gibt keine Zufälle. Die Herausforderungen der letzten Monate, unsere Begegnung, unsere Liebe. Alles!"

Ben schaute mich an und lächelte. Er kam noch näher, setzte sich direkt vor meine Füße und antwortete: „Einige Monate, bevor ich dich traf, hatte ich einen Traum. Ich sah eine Frau mit einem unbekannten Gesicht. Ich sah dich und wusste, ich würde bald einer wunderschönen Person begegnen. Schon nach unserem ersten Treffen wusste ich, dass du es bist. Doch die ganze Situation schien mir kompliziert und aussichtslos zu sein. Ich fühlte mich verunsichert und begann daran zu zweifeln. Zahlreiche Botschaften wurden mir geschickt, um nicht aufzugeben. Allmählich offenbarte sich mir auch selbst meine Seelenaufgabe. Ich erkannte, dass auch du in einer Zeit des Wandels warst und dass meine Ankunft in deinem Leben vieles auf den Kopf gestellt hatte. Zugleich jedoch fühlte ich die Heilung in mir, die durch deine Anwesenheit begann. Vieles kann ich gar nicht mit Worten beschreiben."

Er machte eine Pause und fuhr dann fort: „Ich war traurig, dass du über deine Gefühle nicht mit mir reden konntest, denn ich wusste, es ging dir nicht gut. Ich konnte nichts tun, als zu warten, bis du soweit warst. Einzig Vertrauen und Hoffnung waren es, was ich hatte. Dennoch gab es Zeiten, in denen ich nicht sicher war, ob ich es schaffen würde. Es gab auch viele Versuchungen, weißt du? Ich dachte etwa: Warum nicht die nehmen, die mich will und sieht, statt auf jemanden zu warten, dem ich offenbar gleichgültig bin? Es war nicht leicht, aber es war es wert, auf dich zu warten."

Ben schwieg.
Ich berührte seine Wange.
„Danke, dass du uns nicht aufgegeben hast. Und danke, dass du mich nicht verleugnet hast."
„Dich zu verleugnen würde bedeuten, mich und unsere Liebe zu verleugnen." Er küsste mich. Dann griff er nach einer Tasse mit einer Flüssigkeit, die neben dem Feuer stand und die er offenbar für mich vorbereitet hatte.
„Trink bitte. Das wird dir helfen, den Weg wiederzufinden. Wir sehen uns. Amba wartet auf dich."

Ich sah ihn an und wollte etwas erwidern, aber ich spürte, er wollte nichts mehr sagen. Er gab mir die Tasse, und ich trank die bittere Flüssigkeit. Dabei erinnerte ich mich an das eigenartige Getränk, das ich von Amba bekommen hatte. Wann war das überhaupt gewesen? Und wo war Amba dieses Mal?

„Schwester, wach auf! Wir sind wieder zurück!"

Es war Ambas Stimme. Ich öffnete die Augen und erkannte den Raum in ihrem Haus wieder. Ich trug die dieselbe Kleidung, mit der ich hierhergekommen war. Alles war unverändert. Wie spät war es? Schon Mitternacht? Ich sah Amba an und konnte kein Wort sprechen. Hatte ich geträumt oder was war dies alles gewesen? Ich konnte mich an all die Begegnungen erinnern, den Spaziergang im Wald, die Erscheinungen, mit denen ich gesprochen hatte.

„Willkommen zurück, Schwester! Alles in Ordnung? Trink einen Schluck Wasser. Lass dir Zeit. Richte dich langsam wieder auf, wenn du soweit bist!"

Dankbar nahm ich das Wasser, das sie mir gab und trank. Dann erhob ich mich langsam und hatte das Gefühl, aus einem tiefen Traum zu erwachen.

Amba lächelte mir zu.
„Ich denke, deine Fragen wurden beantwortet. Ich sehe und fühle, dass es dir gut geht. Sei nicht beunruhigt! Es ist normal, ein wenig verwirrt zu sein, denn alles scheint für dich neu zu sein. Für heute ist die Reise beendet. Achte insbesondere in den nächsten vierzig Tagen auf deine Träume und Eingebungen, Schwester. Wir sind Heiler und Hüter des Wissens. Die

Tür ist nun offen für das Kommen des Gleichgewichts und die Möglichkeit der Vollendung unserer Aufgaben. Die Zeit ist für uns gekommen vorbeizuziehen. Du bist jederzeit willkommen, und es war mir eine Ehre, dir begegnet zu sein."

Sie nahm meine Hand und legte etwas hinein mit den Worten: „Er gehört dir."

Es war ein großer Bergkristall. Er sah genauso aus wie derjenige, den meine Großmutter mir gegeben hatte. Amba nickte mit dem Kopf. Ich fühlte wie zu Beginn dieser Traumreise, dass meine Tränen zu fließen begannen.

„Danke, Amba. Von Herzen."

Sie stand auf, kam zu mir und führte mich behutsam in die Richtung der Ausgangstür.

„Deine Cousine musste schon gehen, aber sie hat dafür gesorgt, dass du abgeholt wirst. Die Person wartet bereits draußen auf dich."

Im Flur nahm ich meine Sachen und ging langsam hinaus. Die frische Luft tat mir gut. Einen Augenblick verweilte ich vor Ambas Haus, versunken in Gedanken. Erst nach einiger Zeit fühlte ich, dass jemand in meiner Nähe war. Ich blickte auf und sah in diesem Moment, dass Ben auf mich wartete.

Ich fühlte mich wie gelähmt, als ich sah, wie er sich in meine Richtung bewegte. Er ging auf mich zu, umarmte mich und küsste mich sanft. Dann schaute er kurz zu Amba und führte mich ohne ein Wort zum Auto.

Aus der Ferne hörten wir Ambas Stimme rufen: „Passt gut auf die Zwillinge auf!" Dabei deutete sie auf meinen Bauch.

In diesem Moment spürte ich eine leichte, kaum merkliche Bewegung in meinem Unterleib.

Beim Betrachten dieses einmaligen Sonnenuntergangs dachte ich, es muss einen Gott geben. Und dieser Gott war ein Künstler, und seine Leinwand war der Himmel und das Universum seine Bühne. Welche Erkenntnis!

Die Verabredung

Endlich war es soweit! Mein Körper-Geist-Seele-System schrie seit Wochen nach Erholung, und so saß ich an diesem Mittwochmorgen im Flugzeug nach Marseille. Von dort aus würde es noch eine kleine Reise sein, entweder mit dem Zug oder dem Mietwagen, denn mein Ziel lag etwa dreißig Kilometer östlich von Marseille. Was ich wählen würde, ließ ich offen, um vor Ort spontan entscheiden zu können.

Nun saß ich im Flugzeug, ganz bequem auf einem Gangsitzplatz. Links von mir, getrennt durch den Flur, saß eine nette Frau. Zehn Minuten vor dem Abflug fragte sie mich auf einmal: „Entschuldigen Sie bitte, sitzen wir tatsächlich in dem Flugzeug nach Marseille?"

Ich schaute sie fassungslos an und konnte ein lautes Lachen nicht unterdrücken. Dadurch wurde ihr vermutlich erst klar, was sie da eigentlich gerade gefragt hatte und wie absurd die Frage war. Trotz aller Ansagen, Kontrolle der Dokumente und des Scannens ihrer Passagierkarte fragte sie, ob sie im richtigen Flug saß.

Nachdem ich mich etwas beruhigt hatte, sagte ich zu ihr: „Was würden Sie denn tun, wenn ich Ihnen jetzt sagte, dass wir nach Barcelona oder Athen fliegen?"

Sie lächelte, und ich fügte hinzu: „Keine Angst, wir fliegen nach Marseille. Sie sind schon im richtigen Flug. Zumindest in dem Flug, in dem Sie entschieden haben zu sitzen."

Wir schauten uns noch einmal an und verstehend lächelte sie. In diesem Augenblick dachte ich: So funktioniert vermutlich unser Verstand, der aller oder zumindest vieler Menschen. Er ist stets voller Zweifel, immer auf der Suche nach Sicherheit. Doch dabei folgt er stets eingeübten Gewohnheiten, wie einer bekannten Melodie. Wenn wir es schaffen würden, die Melodien des Verstandes zu erkennen, wäre es vielleicht möglich, uns von seinen Fesseln zu befreien. Mit diesen philosophischen Gedanken war ich bereit, den Alltag hinter mir zu lassen und ein paar ruhige Tage zu genießen.

Ich hatte entschieden, allein in den Urlaub zu fliegen. Warum eigentlich? Zwar hatte ich gerade keinen Partner, dennoch hätte ich ein paar Bekannte fragen können. Doch die Idee von ihnen abhängig zu sein, begeisterte mich irgendwie nicht. Der Gedanke an unvermeidliche Abstimmungen schreckte mich außerdem extrem ab. Ich wusste, ich konnte mich auf mich selbst verlassen, und das reichte mir aus. Ich liebte es, immer frei zu entscheiden, auch wenn es mir bewusst war, dafür einige gesellschaftliche Vorzüge zu verpassen.

Doch diese Reise mit einem Rückblick auf mein Leben zu beginnen, war vermutlich nicht klug; schließlich wollte ich mich erholen. Und so beschloss ich, mich einfach zurückzulehnen und zu entspannen. Ich liebte diese ersten Sekunden des Flugstarts. Es war fantastisch, die starke Beschleunigung und das Abheben des Flugzeugs zu spüren. Wie immer hatte ich dabei ein starkes Gefühl von Freiheit, dessen Intensität kaum mit Worten zu beschreiben war. Am Vortag dieser Abreise allerdings war ich nervös. Ich spürte außerdem Bauchkrämpfe und hatte Durchfall. Doch erstaunlicherweise war dies alles in dem Moment, als ich in das Flugzeug stieg, wie weggewischt. Ich schloss die Augen, seufzte und lächelte. Ich war bereit und alles war gut. Der Alltag lag nun hinter mir.

„Wollen Sie etwas essen?"

Ich spürte eine sanfte Berührung auf meiner rechten Seite und öffnete langsam die Augen.

„Falls Sie etwas essen wollen, wäre es schön, wenn Sie jetzt aufwachen. Bei einem so kurzen Flug die leckeren Croissants und den fantastischen Kaffee zu verschenken, wäre doch eine Schande!"

Die Stimme meines Nachbarn, dem ich beim Hinsetzen flüchtig „Hallo" gesagt hatte, holte mich aus meinem leichten Schlaf. Unverschämter Franzose, dachte ich. Ich hatte durch meine Wurzeln mütterlicherseits eine besondere Verbindung zu Frankreich, und diesen Akzent kannte ich nur zu gut. Für den leeren Sitzplatz zwischen uns war ich dankbar, da ich es nicht ausstehen konnte, wenn Menschen wie Sardinen in einer Dose aneinanderklebten. Ich hatte keine Lust auf Konversation, denn seit ich mir bei meiner vorletzten Reise die ganze Lebensgeschichte meines Nachbarn hatte anhören müssen, war ich bei Gesprächen mit Unbekannten vorsichtig. Wie spät war es eigentlich? Vielleicht sieben? Ich hatte mich in den letzten Jahren daran gewöhnt, keine Uhr mehr zu tragen.

Meine Finger begannen leicht zu zittern, und ein Gefühl des Unwohlseins begann sich in mir auszubreiten. Sofort erkannte ich das Stress-Alarmsignal meines Körpers. Daher richtete ich mich langsam auf, drehte mich zu meinem Nachbarn und bedankte mich höflich für seine Aufmerksamkeit. Dann schaute ich wieder weg und hoffte, ihm somit signalisiert zu haben, dass ich keine Lust auf ein Gespräch hatte.

Die Stewardess kam und fragte, was ich nehmen wolle. Bevor ich etwas antworten konnte, bestellte mein Nachbar für sich und mich einen Kaffee, ein Croissant und ein Glas Orangensaft.

Ich wandte mich an die Flugbegleiterin und sagte: „Und für mich bitte nur ein Glas Mineralwasser mit einer Scheibe Zitrone, falls Sie welche haben. Mehr brauche ich im Moment nicht. Danke."

Kaum hatte die Stewardess das Gewünschte serviert, hörte ich meinen Nachbar sagen: „Sie können mir Ihr Croissant geben. Es wäre doch eine Schande, diese köstlichen Croissants einfach wegzuwerfen, wo so viele Menschen auf dieser Welt verhungern."

Die Unverschämtheit meines Nachbarn war so überwältigend, dass ich völlig durcheinander war. Ich konnte meinen Ärger nicht unterdrücken, und so drehte ich mich zu ihm und sagte: „Vielleicht sollte ich dann zwei Euros für mein Croissant von Ihnen kassieren und das Geld spenden! Ich vermute, dadurch könnte ich den Menschen auf dieser Welt noch viel mehr helfen!"

Cassandra, er hat dich so weit, dachte ich. Ich sitze im Flugzeug neben einem unbekannten, gutaussehenden Mann, und ein paar Sätze von ihm haben schon gereicht, um dich aus der Fassung zu bringen. Was ist denn gerade los?

Er lächelte, und während er mir tief in die Augen schaute, sagte er: „Wunderschöne Frau, Sie haben Recht. Aber gerade habe ich die Möglichkeit, für mich zu sorgen und das tue ich. Das sollten Sie auch tun."

Nach einer kurzen Pause fuhr er fort: „Übrigens gut, dass Sie Urlaub machen. Die Luft im Süden wird Ihnen guttun. Die Freundlichkeit der Menschen dort wird Ihr

Herz heilen. Sie werden lernen, wieder für sich zu sorgen. Es ist keine Sünde, das Leben und das Essen zu genießen – es ist eine Sünde, es nicht zu tun, wenn sich uns diese Möglichkeit bietet! Und jetzt entschuldigen Sie mich, ich möchte mein Frühstück in diesem Flugzeug neben so einer wunderschönen Frau wie Ihnen genießen, und zwar in Ruhe."

Ich war sprachlos. Ich, Cassandra, war sprachlos. Das musste etwas heißen! Woher wusste dieser Typ eigentlich, dass ich in den Urlaub flog? Und woher wusste er, dass ich das Essen und das Leben nicht mehr genießen konnte? Und verdammt nochmal, woher wusste er, dass mein Herz Heilung brauchte? Stand das alles auf meiner Stirn geschrieben oder war ich einfach nur leicht zu durchschauen?

Mein Blutdruck begann in die Höhe zu schießen und mein Atem beschleunigte sich. Langsam nahm ich einen Schluck Wasser und stand auf. Ich ging zum hinteren Teil des Flugzeugs. Als ich dort angekommen war, raufte ich mir ratlos die Haare. Wut, Erschöpfung, Ratlosigkeit stiegen in mir auf. Ich war einfach müde, müde von allem ... ich hatte keine Kraft mehr. Dieses ganze Leben lohnte sich doch nicht mehr. Zum zweiten Mal in meinem Leben dachte ich, es wäre besser, alles hinter mir zu lassen und aufzugeben.

In der letzten Zeit war ich sehr empfindlich gewesen und hatte immer häufiger festgestellt, dass ich mich kaum noch konzentrieren konnte. Was für ein Glück und welche Rettung, dass sich meine Schwägerin während meines Urlaubs um meinen Laden kümmern konnte! Die Reise war nicht gerade günstig, und etwas Vorsicht war bei meinen Finanzen mehr als angebracht.

Als ich bei einer kleinen Internetrecherche dieses wunderschöne Haus gefunden hatte, war mein Entschluss, einen ruhigen Urlaub am Meer zu verbringen, kaum noch zu bremsen gewesen. Es war einfach das perfekte Haus und der perfekte Ort! Wie traurig war ich dann gewesen, zu hören, dass das Haus in dem Zeitraum, in dem ich mir Urlaub hätte gönnen können, bereits für sechs Wochen vermietet war. Doch ich hatte nicht aufgegeben, sondern die Vermieter persönlich angerufen. Dabei teilten mir die rede-freudigen älteren Hauseigentümer mit, dass der chinesisch-nepalesische Künstler, der das Haus gemietet hatte, ab dem Vortag meines geplanten Eintreffens zufälligerweise für vierzehn Tage unterwegs sei. Er sei einverstanden, dass ich für zehn Tage in das Haus einzog. Ohne großes Nachdenken sagte ich zu. Ich war einfach dankbar, erleichtert und glücklich über diese positive Wendung.

Bei dem Gedanken an meinen Urlaubsort fühlte ich wieder Freude und Leichtigkeit. Ich atmete einmal tief durch, richtete mich voller Stolz auf und ging ruhig atmend zurück zu meinem Platz. Kaum hatte ich mich wieder gesetzt, hörte ich meinen Nachbar sagen: „Übrigens Madame, mein Name ist Bernard. Enchanté de faire votre connaissance. Das bedeutet …"

„Erfreut, Sie kennenzulernen", sagte ich, „mein Name ist Cassandra."

„Nicht nur hübsch, Sie sprechen sogar meine Sprache, und zwar akzentfrei! Übrigens darf ich Ihnen sagen, dass ich Ihr Parfum liebe. Sehr weiblich, dezent, dennoch prickelnd, einmalig. Es duftet nach Klasse. Ich weiß, wovon ich rede, denn ich komme aus der Stadt des Parfums. Mein Vater lebte in Grasse, einer Stadt in der Nähe von Cannes."

Ich wusste, die Franzosen waren charmante Verführer. Meine Mutter war Französin, und ich hatte selbst einige Zeit in Frankreich gelebt. Aber dieser Bernard schien wirklich von der höchsten Sorte zu sein. Ich bedankte mich mit einem schüchternen Lächeln und drehte mich weg.

„Entschuldigen Sie bitte, falls ich bei Ihnen vorhin vielleicht den Eindruck erweckt haben sollte, ich würde Sie provozieren wollen. Meine Freunde sagen, ich hätte die Gabe, Leute zu schockieren. Aber anscheinend passiert so etwas genau im richtigen Moment, oder nicht? Erzählen Sie doch mal kurz, wo Sie hinwollen."

Ich nahm einen Schluck von meinem Wasser, ließ mir Zeit mit der Antwort und sagte schließlich: „Ich fliege, wie Sie, nach Marseille. Und von dort aus fahre ich weiter nach Osten. Dort werde ich ein paar Tage Urlaub machen, um mich zu erholen."

„Eine wunderschöne Ecke. Ich liebe es, mit meinen Freunden einfach die Küste entlang zu fahren. Wo wollen Sie denn genau hin? Cassis, La Ciotat, Aix-en-Provence sind wunderschön! Wenn Sie Zeit haben, fahren Sie weiter Richtung Hyères oder sogar nach Le Lavandou. Wunderschöne Orte. Und Grasse! Einfach heilend und fantastisch. Es gibt viele schöne Orte in dieser Gegend. Aber sagen Sie bitte, wo wollen Sie genau hin, Cassandra?"

Mit Sicherheit würde ich diesem Bernard nicht mehr begegnen. Also könnte ich ihm erzählen, wo ich hinwollte. Was hatte ich bei dieser Konversation mit einem Unbekannten während einer kurzen Flugreise schon zu verlieren?

„Ich habe mich entschieden, ein paar Tage in der Nähe von Cassis zu verbringen. Ich habe ein kleines, abgelegenes Haus gefunden. Es befindet sich in der Nähe eines privaten Strands, und ich habe mich sofort in dieses Haus verliebt. Es war, als ob es für mich vorbestimmt war. Es ist genauso, wie ich es mir erträumt habe. Und nun werde ich schon in ein paar Stunden für einige Tage dort sein."

Er lächelte, schaute mir erneut tief in die Augen und sagte: „Sie strahlen ja richtig, Cassandra. Sie haben ein wunderschönes Lächeln. Zeigen Sie mir bitte Ihre Hände. Allez! Zeigen Sie mir Ihre Hände!"

Hatte ich eine andere Wahl, als ihm meine Hände zu zeigen? Mein Gefühl sagte Ja. Trotzdem drehte ich mich in seine Richtung und streckte meine Hände aus. Er nahm sie in die seinen und streichelte sie sanft.

Wir schauten uns in die Augen und ich nahm ein seltsames Gefühl in mir wahr; eine Wärme breitete sich in mir aus. Kurz wurde sein Atem für mich hörbar und ungleichmäßig. Als ob er sich ertappt fühlte, räusperte er sich, und ich hörte ihn sagen: „Sie waren viel unterwegs in Ihrem Leben. Sie haben viele Orte gesehen und dort gelebt. Sie liebten es, auf Wanderschaft zu gehen. Sie haben schwierige Phasen gehabt, sehr schwierige. Sie waren einmal sogar kurz davor, mit dem Leben abzuschließen. Zurzeit leben Sie Ihren Traum, Sie haben Ihre Berufung zum Beruf gemacht. Aber ich fühle, dass Sie trotzdem nicht ganz zufrieden sind. Etwas ist vor ein paar Jahren in Ihrem Leben geschehen. Vielleicht ein Verlust oder eine Trennung?

Dadurch haben Sie den Boden unter den Füßen verloren. Und nun drängt Sie etwas, sich all dem zu stellen. Etwas in Ihnen sehnt sich nach Heilung und Leichtigkeit. Sie haben diese Stimme gehört und erkannt, dass Sie endlich Ruhe brauchen. Es ist sehr schön zu sehen, dass Sie sich für diese Reise entschieden haben. Das war eine sehr gute Wahl und in meinen Augen kein Zufall. Sie könnte durch ein Ereignis oder eine Person Ihre Sichtweise des Lebens verändern. Sie werden sich selber danach anders wahrnehmen."

Er schwieg, streichelte erneut sanft meine Hände und drückte sie. Dadurch zwang er mich, meine Augen, die ich inzwischen geschlossen hatte, zu öffnen. Ich war tief verwirrt und wusste nichts zu sagen. Bernard hatte mich mit seinen Worten perplex gemacht. Erst war er so unverschämt zu mir gewesen, dann hatte er sich in einen Casanova verwandelt und jetzt konnte er auf einmal Handlesen! Nicht, dass ich an so etwas geglaubt hätte! Das Eigenartige aber war: Er hatte recht in allem, was er mir gesagt hatte – zumindest, was meine Vergangenheit anging. Ob diese Reise tatsächlich mein Leben verändern würde, wusste ich noch nicht. Oder hatte genau das schon gerade angefangen?

„Cassandra, Sie tragen immer noch viel Schmerz in sich. Sie zweifeln im Moment, wozu all das gut war oder sein soll. Sie werden sehr bald den Sinn für sich erkennen. Wissen Sie, mein Vater war Parfümeur in Grasse. Als er dreißig war, traf er meine Mutter, und sie verliebten sich auf den ersten Blick ineinander. Bis zu seinem Tod ist er ihr treu geblieben. Ein ideales, füreinander bestimmtes Paar. Ich hatte Glück, dass ich sie als Eltern haben durfte. Meine Mutter ist Zigeunerin und hat die Gabe des Handlesens und der Vorhersage von ihrer Mutter geerbt und gelernt. Als Kind wollte ich immer Menschen begleiten und ihnen helfen, den Sinn ihres Lebens zu verstehen. Ich habe mich dann entschieden, Psychologe zu werden. Zurzeit habe ich eine Praxis in Marseille. Ich denke, ich habe von meiner Mutter eine gewisse Gabe geerbt. Manchmal nutze ich sie – insbesondere, wenn ich spüre, dass Menschen sich verloren fühlen. Bitte geben Sie nicht auf und haben Sie Vertrauen, Cassandra!"

Zwar taten mir seine Worte gut, dennoch fühlten sie sich zugleich an wie ein Messer, das in meinem Brustkorb steckte. Mein Atem wurde immer schwerer. Bernard bemerkte meine Unruhe.

„Es ist hier nicht der Ort und die Zeit, um über die Vergangenheit zu sprechen. Ich bin nur der Vorbote. Dennoch darf ich sagen: Diese Zeit kommt schneller, als Sie denken. Seien Sie bereit und wachsam! So können Sie den besten Nutzen daraus ziehen, Cassandra."

Die Stimme des Piloten, die uns mitteilte, dass wir für den Sinkflug nach Marseille bereit seien, unterbrach den Fluss meiner Gedanken. Ich seufzte tief, schaute noch einmal zu Bernard und drehte mich wortlos weg. Dann schloss ich die Augen und versuchte zu überlegen, was nun die richtige Handlungsweise wäre. Doch ich konnte keine klaren Gedanken fassen, und so ließ ich sie wirr durch meinen Geist strömen.

Es war gerade erst acht Uhr, als wir am Flughafen von Marseille landeten. Wir waren pünktlich, das Wetter mit neunzehn Grad hervorragend. Anscheinend bestand für mich noch Hoffnung in diesem Leben. Ein gutes Gefühl.

Langsam stand ich auf, nahm mein Handgepäck und bewegte mich auf den Ausgang zu. Bernard folgte mir. Irgendwie fühlte es sich normal an, das Flugzeug zusammen zu verlassen und zusammen zur Gepäckausgabe zu gehen. Nachdem wir beide unsere Koffer genommen und die Sicherheitskontrollen passiert hatten, standen wir in der Vorhalle. Als Bernhard erfuhr, dass ich vor lauter Aufregung vergessen hatte, mein Handy aufzuladen und meinen Laptop bewusst zu Hause gelassen hatte, zog er seinen Laptop heraus und schaute für mich nach Zugverbindungen.

Wenn ich einverstanden wäre, würde er mich gerne noch auf einen Tee und ein Frühstück einladen. Er hätte erst nachmittags einen Termin. Ich nahm die Einladung gern an, trotz meines Wunsches, endlich in dem ausgewählten Traumhaus bei Cassis anzukommen. Etwas Unbeschreibliches tat sich gerade in mir. Nach dem Frühstück würde ich den ersten passenden Zug nach Cassis nehmen. Im Grunde wusste ich nicht genau, warum ich Bernards Einladung annahm. Irgendetwas machte mich neugierig; ich konnte ihn einfach nicht ohne Weiteres gehen lassen.

Er kannte ein einfaches, schönes Café in der Nähe des Flughafens, wo wir hingingen. Ich setzte mich ihm gegenüber. Wir hatten beide Obstsalat bestellt, und während ich frischgepressten Mangosaft genoss, schaute er mir wieder tief in die Augen.

„Bernard, bitte glaube mir, wenn ich dir sage, dass ich so etwas noch nie getan habe. Obwohl ich oft unterwegs bin oder besser gesagt, war. Das hier ist das erste Mal, dass ich mich am Flughafen von einem fremden Mann einladen lasse. Das, was du im Flugzeug gesagt hast, hat mich verblüfft. Auch, wenn ich Angst habe, weiter zu fragen, will ich wissen, wie du manche Sachen gemeint hast. Was kannst du mir noch sagen?"

Er schwieg einen Moment, als überlege er, was er alles preisgeben durfte.

„Cassandra, jeder Mensch trägt seine Lebensgeschichte in seinen Händen. Meiner Erfahrung nach ist dennoch nur ein Teil seiner möglichen Zukunft darin zu sehen. Wir können uns auf unserem Weg immer anders entscheiden, aber warum wir hier sind, ist für dieses Leben festgeschrieben."

„Festgeschrieben, soso. Aha. Und wie kannst du das sehen?"

„Die Linien in deinen Händen öffnen eine Tür vor meinem geistigen Auge. Dadurch bekomme ich Zugang zu Bildern und Geschichten. Vermutlich helfen mir auch mein Beruf und meine Erfahrungen als Psychologe, relativ schnell aus deinen Worten und deiner Körpersprache Rückschlüsse zu ziehen. Ich sehe, es gibt viel Schmerz in dir. Ich könnte dir sogar Einzelheiten nennen. Hier ist jedoch nicht der Ort, um darüber zu reden. Du bist einige Tage hier und wirst eine für dich wichtige Begegnung haben. Etwas Entscheidendes wird bald in deinem Leben passieren, und du wirst vieles heilen können, wenn du willst. Der Wille und die Bereitschaft dazu sind sehr wichtig. Hier hast du meine Telefonnummer, falls du während deines Aufenthalts reden möchtest. Bitte ruf mich an, und wenn du willst, fahre ich zu dir und wir werden solange reden, wie du willst. In Ordnung?"

Ich nickte.

Zwar kannte ich ihn gerade kaum drei Stunden, dennoch fühlte ich in seiner Nähe ein gewisses Vertrauen. Nach unserem Frühstück machte ich mich bereit für meine Weiterreise. Bernard umarmte mich fest, nachdem ich ihm versichert hatte, seine Begleitung zum Bahnhof nicht zu benötigen. Nach einem Kuss auf die rechte Wange ging ich meinen Weg. Ich fühlte mich komisch. In mir war eine Mischung aus Euphorie und Traurigkeit. Während ich auf dem Bahnhof stand und auf den Zug wartete, fiel es mir schwer, mich zu konzentrieren. Immer wieder schweiften meine Gedanken ab, und längst begrabene Schmerzen kamen langsam wieder hoch. Ich konnte es kaum noch abwarten, anzukommen und begann langsam, ungeduldig zu werden. Endlich kam der Zug und ich stieg ein.

Kurz vor der Ankunft in Cassis rief ich vom Zug aus die Vermieter an, das Ehepaar Grenadier. Ich teilte ihnen mit, dass ich mir ein Taxi nehmen und damit direkt zum Haus fahren würde. Mein Handy, das ich im Café kurz hatte aufladen können, zeigte 13:45 Uhr, als wir endlich das Haus erreichten. Didier, der nette Fahrer, half mir, mein Gepäck aus dem Kofferraum zu holen. Ich war froh, dass die Grenadier schon auf mich warteten. Ich bezahlte den Taxifahrer und ließ mir seine Visitenkarte geben für den Fall, dass ich während des Urlaubs ein Taxi bräuchte.

Das Haus war wunderschön: Mit seinen zwei Etagen, dem grau gefärbten Spitzdach, den großzügigen Fenstern und einer Eingangstür in königsblau sah es genauso aus wie auf den Bildern. Die kleine Sonnenterrasse mit den runden Stühlen lud sofort dazu ein, sich hinzusetzen und zu entspannen. Der Strand war zu Fuß gerade einmal zwei Minuten entfernt. Die Grenadier versicherten mir, dass der Ort sicher sei, dass es hier kaum Touristen gab und dass sie innerhalb von zwanzig Minuten da sein würden, sollte etwas sein.

Sie führten mich durch das Haus, erklärten mir alles, was ich wissen musste und gaben mir die Schlüssel. Als sie schließlich gingen, sagte Marie, die Vermieterin, noch zu mir: „Ah, übrigens Frau Karl, wir sagten Ihnen ja bereits am Telefon, dass das Haus für sechs Wochen vermietet ist. Der Mieter war ja so nett und damit einverstanden, dass sie hier wohnen, während er unterwegs ist. Er wird nun aber vermutlich vor Ihrer Abreise zurückkommen. Er ist damit einverstanden, dass sie nach seiner Rückkehr noch ein paar Tage hier wohnen. Sie sind oben in der ersten Etage, daher wird es keine Probleme geben. Und jetzt lassen wir Sie in Ruhe. Sie sehen müde aus und wollen sich bestimmt ausruhen. Melden Sie sich einfach, wenn Sie etwas brauchen. Alles Gute!"

Ich sagte leise „Au revoir" und fühlte, wie mein Körper in seiner Position verharrte. Das Haus war perfekt. Dennoch war die Botschaft, die ich gerade gehört hatte, alles andere als gut. Die Aussicht, das Haus in ein paar Tagen mit einem fremden Mann teilen zu müssen, war alles andere als erfreulich. Dennoch entschied ich mich, diesen Gedanken keinen Platz einzuräumen. Ich brachte meine Sachen in die obere Etage und war begeistert über alles, was ich dort fand. Die Wohnung war mit ihren geschätzten 60 Quadratmetern sehr gut geschnitten. Auffallend im Wohnzimmer war die geschmackvolle Einrichtung. Es passte einfach alles: die Möbel, die einfache Küche und die Pastellfarben der Einrichtung. Beim Anblick des riesigen Bettes im Schlafzimmer konnte ich meine Begeisterung kaum verbergen. Ja, es war die richtige Entscheidung gewesen, hierher zu kommen!

Vor neun Monaten hatte ich mein Geschäft als Modedesignerin eröffnet. Ich hatte praktisch jeden Tag mit vielen Menschen zu tun gehabt. Es gab kaum Momente der Ruhe, und so war ich nach Feierabend völlig erschöpft. Ich arbeitete täglich zehn bis fünfzehn Stunden, denn meine Arbeit erforderte viel Kreativität, Geduld mit den anspruchsvollen Kunden und ein Auge für kleine Details. Auch wenn ich von dem, was ich tat, begeistert war, fühlte ich seit einigen Wochen eine Gereiztheit in mir, die ich kaum noch kontrollieren konnte. Vor drei Wochen war mir dann an einem Abend schwarz vor Augen geworden. Ich konnte von Glück reden, dass meine Schwägerin gerade da gewesen war und den Notarzt gerufen hatte, der mir absolute Ruhe verordnet hatte. Ich hatte versucht, mich so gut wie möglich daran zu halten, aber die Rechnung ließ nicht lange auf sich warten: Der Umsatz war zurückgegangen. Mir war sehr wohl bewusst, dass ich mich gerade auf einem schmalen Grat bewegte, und so war eine Erholungspause vermutlich genau passend. Meine Gesundheit war mir wichtig. Außerdem wusste ich zu gut, dass nur ein ruhiger Geist in einem gesunden Körper schöpferisch sein konnte.

Die ersten drei Tage in dem Haus verbrachte ich mit Schlafen, Essen und langen Spaziergängen am Strand. Dabei begegnete ich keiner Menschenseele. Es tat sehr gut, allein zu sein, und der Friede, den der Ort ausstrahlte, war wohltuend. Am vierten Tag fühlte ich dennoch, dass mir ein Rundgang in der Stadt guttun würde. Ich nahm also den alten Ortsplan, den die Grenadier mir gegeben hatten und holte eines der Fahrräder aus dem Schuppen. Bis zur Stadt waren es vielleicht vier Kilometer. Von Didier, dem Taxifahrer, hatte ich erfahren, dass es in einer Seitenstraße in der Nähe des Hafens ein sehr gutes vegetarisches Restaurant gab. Ich konnte dort Mittag essen, anschließend etwas spazierengehen und mir am Nachmittag etwas Leckeres am Hafen gönnen. Es klang nach einem guten Plan, und mit Begeisterung machte ich mich auf den Weg.

Das Essen in dem vegetarischen Restaurant war tatsächlich sehr lecker. Als Vorspeise aß ich ein halbes Baguette mit einer hervorragenden Oliven-Tapenade. Als Hauptspeise kostete ich ein traditionelles Ratatouille Gericht. Zufrieden und glücklich schlenderte ich danach lange durch die kleine Stadt mit ihren unregelmäßigen Gassen, pastellfarbenen Häusern, deren Fensterläden in der Mittagszeit geschlossen waren. Irgendwann setzte ich mich in ein Café und bestellte eine heiße Schokolade und einen Crêpe.

Ich saß an einem Tisch mit Blick auf den kleinen Hafen. Die Luft war angenehm frisch und ein leichter Wind strich vom Meer herüber. Während ich auf meine Bestellung wartete, dachte ich über meinen Laden nach. Lief dort alles gut? Mit Viviane, meiner Schwägerin, hatte ich bis jetzt nur einmal telefoniert. Sie hatte mir versichert, dass alles gut lief und ich mir keine Gedanken machen sollte. Sie hätte alles unter Kontrolle und würde sich melden, wenn irgendetwas wäre.

Ich war froh, den Schritt in die Selbstständigkeit gewagt zu haben. Bruno, mein Bruder, half mir bei allen organisatorischen Angelegenheiten. Ohne die beiden, Bruno und Viviane, hätte ich die anstrengenden letzten Monate kaum überlebt. Bei diesem Gedanken füllten meine Augen sich mit Tränen. In diesem Moment kam die Bedienung mit meiner heißen Schokolade und dem Crêpe, und ich war dankbar, dass die Traurigkeit, die in mir aufstieg, unterbrochen wurde.

Die heiße Schokolade war köstlich. Während ich etwas von dem Crêpe aß, sah ich plötzlich, wie sich eine Frau mit ihrem Kind in meine Richtung bewegte. Ich erstarrte. Die Frau nahm am Nebentisch Platz, während das kleine Mädchen um meinen Tisch herumrannte. Es war etwa zwei Jahre alt und zuckersüß. Ich fühlte einen Stich im Herzen. In meinem Hals bildete sich ein Kloß. Ich rang nach Luft und kämpfte mit etwas, das in mir emporstieg.

Die Mutter schaute zu ihrem Kind und rief: „Michelle, viens s'il te plaît!"

Dieser Satz mit der Bedeutung „Michelle, komm bitte!" war zu viel für mich. Das konnte ich nicht ertragen. Ich ließ die Gabel fallen, griff nach meiner Handtasche, holte zehn Euro raus, legte sie auf den Tisch und rannte aus dem Café. Ich rannte und rannte ... und konnte kaum noch atmen. Wo war eigentlich mein Fahrrad? Wo hatte ich es abgestellt? Ich war erschöpft und konnte keinen klaren Gedanken mehr fassen. Tränen trübten meine Sicht. Die wenigen Fußgänger, die mir begegneten, murmelten etwas, das ich kaum verstand. Endlich fand ich das Fahrrad. Ich sprang auf den Sattel, fuhr los und trampelte so schnell, als wäre der Teufel persönlich hinter mir her. Nach etwa zehn Minuten hielt ich an, ließ das Fahrrad fallen und rannte einfach weg. Ich bekam kaum noch Luft und blieb schreiend stehen. Mein Schreien mischte sich mit meinem Weinen. Die Trauer, die mich packte, kam aus meinem tiefsten Inneren und explodierte wie ein Vulkan. Ich fühlte eine unglaubliche Wut, Ungerechtigkeit und Einsamkeit. Erschöpft ließ ich mich fallen. Ich lag einfach auf dem Boden, allein an diesem fremden Ort, und konnte den Schmerz, der mich erfüllte, nicht mehr ertragen. Ich war wie gelähmt.

Wie lange lag ich da? Es fühlte sich an wie eine Ewigkeit, aber vermutlich waren nur etwa dreißig Minuten vergangen. In dem Moment, als ich dachte, nie wieder aufstehen zu können, hörte ich Bernards Worte in meinem Kopf. Er sprach von Verlust, Trennung, von einem Ereignis und von einer Begegnung. Und dann von Heilung der Schmerzen. Ohne zu überlegen holte ich mein Handy aus meiner kleinen Umhängetasche und wählte seine Nummer.

„Bernard Sabot."

Als ich seine Stimme hörte, wusste ich nicht, was ich sagen sollte. War es nicht klüger, schnell wieder aufzulegen? Er kannte meine Nummer nicht. Ich könnte auch behaupten, seine Nummer aus Versehen gewählt zu haben.

„Bonjour, Bernard. Hier spricht Cassandra. Wir haben uns vor drei Tagen im Flugzeug kennengelernt, und …"

Bevor ich weiterreden konnte, unterbrach er mich mit begeisterter Stimme: „Cassandra! Wie schön, deine Stimme zu hören! Was ist los? Deine Stimme klingt so komisch!"

Ich begann wieder zu weinen.

„Ist alles okay bei dir? Ist etwas passiert? Wo bist du gerade?"

„Bernard, es tut mir leid, dich eventuell zu stören, aber ich glaube, ich brauche deine Hilfe. Ich hoffe, dein Angebot war ernst gemeint. Ich muss einfach mit jemandem reden. Ich muss mit dir reden. Es tut mir echt leid, falls ich dich vielleicht gerade störe!"

„Cassandra, gib mir bitte deine Adresse! Du bist doch immer noch in der Nähe von Cassis, oder? Welch eine göttliche Fügung! Ich bin gerade mit meinem letzten Termin fertig und mache mich gleich auf den Weg zu dir. Ich fahre in zwanzig Minuten los. Ich sollte gegen sechzehn Uhr bei dir sein, also in etwa einer Stunde. Ich beeile mich, okay?"

Ich nannte ihm meine Adresse, sagte ganz leise „okay" und legte auf.

Der Tag hatte so gut begonnen, und nun war er zu einem Albtraum geworden. Warum? Was war nur geschehen? Ich raffte all meine restlichen Kräfte zusammen und zwang mich, aufzustehen. Mit halbgetrockneten Augen ging ich den Weg zurück, in der Hoffnung, das Fahrrad wiederzufinden. Nach etwa fünfhundert Metern fand ich es. Ich packte den Lenker und ging ein paar Schritte. Irgendwann fühlte ich genug Kraft, stieg auf und fuhr zurück zum Haus. Dort angekommen, ging ich sofort zum Strand, legte mich in den warmen Sand und wartete.

Erst das Geräusch eines Motors holte mich aus meiner Lethargie. Es war mir gar nicht bewusst gewesen, dass ich über eine Stunde hier gelegen hatte. Oder war Bernard mit sehr hoher Geschwindigkeit hierhergefahren? Schnell richtete ich mich auf und rannte zurück zum Haus, um ihn zu empfangen. Der Gedanke, schrecklich auszusehen, war in diesem Moment meine geringste Sorge. Bernard kam sofort auf mich zu und umarmte mich. Es war merkwürdig, sich einem Menschen, den ich kaum kannte, so nah zu fühlen.

„Cassandra, was ist passiert? Du zitterst ja am ganzen Körper!"

Ich hielt ihn fest und konnte ihn nicht mehr loslassen. Wieder begannen meine Tränen zu fließen. Was ich auch versuchte, ich konnte einfach nicht aufhören zu weinen. Es war wie ein Meer aus Tränen, das aus mir herausströmte. Eine scheinbar endlose Zeit standen wir eng aneinander. Bernard bewegte sich kaum. Die ganze Zeit hielt er mich in seinen Armen und sagte kein Wort. Nur langsam beruhigte ich mich und ließ ihn los.

„Bernard, danke, dass du gekommen bist! Du hast bestimmt Besseres zu tun, als dich mit mir zu treffen. Entschuldige, dass ich mich so verhalte, aber ich kann gerade nicht anders."

Er berührte meine Hand.

„Ich habe immer gewusst, dass mein Charme Frauen zum Weinen bringt. Es war mir dennoch nicht bewusst, dass du ihm schon nach so kurzer Zeit verfallen bist …"

Er lächelte … und sein Lächeln war ansteckend.

„Spaß beiseite! Cassandra, ich bin so froh, dass du mich angerufen hast. Gerade heute habe ich an dich gedacht und mir Sorgen um dich gemacht. Ich wusste vom ersten Moment im Flugzeug an, dass wir uns noch einmal sehen werden.

Schön hast du es hier, wunderschön! Wollen wir ein Stück am Strand gehen? Oder worauf hast du Lust?"

Ohne ein Wort zu sagen, nahm ich seine Hand und ging mit ihm zum Strand. Wir setzten uns in den Sand und beobachteten die Wellen. Die Stille tat gut, obwohl sie immer wieder von meinem Weinen unterbrochen wurde. Nach einer Weile drehte sich Bernard zu mir und bat mich, mich im Haus etwas frisch zu machen. Er wollte mir einen bestimmten Ort zeigen. Wenn wir Glück hätten, könnten wir von dort aus, den Sonnenuntergang beobachten.

Langsam stand ich auf und ging ins Haus. Ich fühlte mich bei Bernard so sicher, als würde ich ihn schon länger kennen. Es war schön, ihn hier zu haben. Ich wusch mein Gesicht, wechselte mein T-Shirt und ging zurück zu ihm.

Nun saß ich im Auto eines Mannes, den ich kaum kannte. Niemand wusste, wo und mit wem ich unterwegs war. Dennoch hatte ich keine Angst. Ich vertraute ihm einfach blind und wusste, er würde sich um mich kümmern. War ich etwa zu naiv? Wir fuhren etwa zwanzig Kilometer. Dann erreichten wir einen wunderschönen Ort, der auf einem kleinen Berg lag. Nach ein wenigen Metern Fußmarsch erreichten wir den flachen Gipfel. Der weite Blick von dort auf die Landschaft und auf das Meer mit seinem tiefen Blau war atemberaubend; ich fühlte, wie mein Herz aufging. Schon wieder begann ich zu weinen. Doch diesmal waren es Tränen der Freude, die ich auf meinen Wangen fühlte. Während ich auf den rötlich gefärbten Ball der Sonne blickte, der sich langsam unter den gleißenden

Horizont schob, berührte ich Bernards Hand. Er erwiderte die Geste und nahm mich in die Arme. Er küsste mich leicht auf die Stirn und nahm mich noch fester in die Arme. In diesem Moment dachte ich, es muss einen Gott geben. Dieser Gott war ein Künstler, seine Leinwand war der Himmel und das Universum seine Bühne.

Was geschah hier gerade? Eigentlich hatte ich auf dieser Reise Erholung und Ruhe finden wollen. Nun war alles in mir in Aufruhr. Doch es fühlte sich wunderschön an. Bernard begann leise zu sprechen.

„Hier ist der richtige Ort, um zu reden. Manchmal hilft die einsetzende Dunkelheit, um unseren verdrängten Schmerzen und Ängsten einen Zugang nach außen zu gewähren. Im Flugzeug sagte ich dir, diese Reise könnte dein Leben verändern, wenn du es zulässt. Ich fühlte, die Zeit ist für dich gekommen, um ehrlich zu dir selbst zu sein. Es ist kein Zufall, dass wir uns hier begegnen, aber vielleicht wirst du mir nicht glauben, wenn ich dir sage, dass ich so etwas zum ersten Mal erlebe. Ich fahre nicht ständig mit unbekannten Frauen herum und nehme sie mit, um mit ihnen Sonnenuntergänge zu bewundern. Ich bin zwar Psychologe und arbeite viel mit Menschen. Man könnte denken, ich wüsste, wie man den menschlichen Geist manipuliert. Aber das tue ich nicht. Ich hoffe, du glaubst mir."

„Ja, das tue ich. Denn mir passiert so etwas auch zum ersten Mal."

„Cassandra, ich sah einen großen Verlust, der dein Leben komplett verändert hat. Du gibst dir die Schuld für etwas, was nicht in deiner Macht stand. Jeder hat seinen für ihn vorgesehenen Lebensplan, und du kannst nicht alles lenken oder beeinflussen."

Erneut begannen meine Tränen zu fließen. Es waren Tränen des Schmerzes, und ganz leise begann ich zu reden. Nur Bernards Ohren und dieser Ort waren Zeugen.

„Michelle. Das war der Name, den wir für sie ausgesucht hatten. Der Tag, an dem ich erfuhr, dass ich schwanger war, war der schönste Tag in meinem Leben. Obwohl es nicht unbedingt geplant war. Frank, mein Lebenspartner, war wie im siebten Himmel, und seine Begeisterung wurde noch größer, als er erfuhr, dass es ein Mädchen wird. Es waren wunderschöne Momente für uns. Unsere Liebe wurde noch stärker. Auch die Intimität zwischen uns war noch inniger und wir fühlten uns wie eins. Alle Untersuchungen beim Frauenarzt verliefen gut. Ich achtete auf alles: Ernährung, Bewegung, allgemeine Belastung. Ich war sehr vorsichtig, denn ich wusste, ich trug nun die Verantwortung für ein anderes Wesen." Ich machte eine Pause.

„An einem Morgen vor fünfzehn Monaten fühlte ich plötzlich, dass etwas nicht stimmte. Ich war bereits in der fünfundzwanzigsten Woche und hatte das Gefühl, sie nicht mehr zu spüren. Ich bekam Panik und rief Frank an, der gerade auf einer Reise war. Er versuchte mich von der Ferne aus zu beruhigen. Ich ging zu meinem Frauenarzt, doch seine Reaktion nach der Untersuchung beunruhigte mich noch mehr. Er schickte mich ins Krankenhaus. Da wusste ich, dass etwas Schreckliches passiert war. Sie sagten mir, dass Michelle nicht mehr lebte und dass sie durch eine stille Geburt entbunden werden müsste. Frank diese Nachricht zu überbringen, war entsetzlich. Es war sehr schwer für uns. In einem Augenblick erfahren wir ein Wunder, im nächsten bleibt alles stehen. Und das Leben wird zur Hölle. Alles fällt auseinander. So fühlt sich auch dieser Urlaub an: In einem Moment erfahre ich wunderschöne Augenblicke, und in der Sekunde darauf droht alles zu zerbrechen. Frank unterbrach seine Reise und kam sofort zurück nach Hause. Wir nahmen uns zwei Tage Zeit, um das Ganze zu Hause zu verarbeiten und uns von ihr zu verabschieden. Ich hätte den Weg des Kaiserschnitts wählen können, aber mir wurde empfohlen, sie normal zu gebären. Das war schrecklich für uns alle. Vor allem für mich."

Ich machte wieder eine kurze Pause.

„Alles war ein Albtraum: Die Geburt, der Abschied, bei dem ich sie noch einmal sah – einfach alles. Mit diesem Verlust habe ich auch mich verloren. Ich gab mir die Schuld und war überzeugt, etwas falsch gemacht zu haben. Jedes Mal, wenn ich Frank sah, hatte ich das Gefühl, dass auch er mir die Schuld gab. Er hatte versucht, mit mir zu trauern, aber es ging nicht. Trotz der Liebe für ihn konnte ich nicht mehr mit ihm zusammen sein. Ich fühlte mich schuldig. Diese Schuld ist immer noch ein großer, schwarzer Fleck auf meiner Seele. Auch unsere Intimität war nicht mehr da. Unsere Gespräche wurden oberflächlich, weil jedes ehrliche Wort einen tiefen Schmerz mit sich brachte. Zudem hatte ich Angst, er würde sich ein anderes Kind wünschen, um Michelle zu ersetzen. Und wenn ich wieder schwanger würde, könnte vielleicht das Gleiche noch einmal passieren. Frank, der einst mein bester Freund gewesen war, der beste Liebhaber und Partner, wurde langsam wie ein Fremder für mich. Der Gedanke, dass er mich verlassen könnte, war unerträglich. So entschied ich mich, ihn zu verlassen. Das klingt absurd, aber es schien mir die einzige Lösung zu sein. Sechs Monate nach diesem schrecklichen Ereignis, verließ ich unsere gemeinsame Wohnung. Ich sagte ihm, nicht mehr darüber reden zu können. Jede Therapie wurde von mir abgelehnt, denn ich wusste, sie konnte mir nicht helfen. Ich kündigte meine Arbeit und verließ die Stadt, in der wir lebten.

Ich zog in die Stadt, in der mein Bruder und seine Frau leben und eröffnete dort einen Laden. Endlich konnte ich meinen Kindheitstraum als Modedesignerin verwirklichen. Seitdem, seit neun Monaten, besteht mein Leben nur aus Arbeit, Arbeit, Arbeit."

Während meiner Erzählung hatte Bernard seine Umarmung gelöst, hielt aber meine Hand fest.

„Heute Nachmittag, als ich in der Stadt in einem Café saß, kam eine Mutter mit ihrer kleinen Tochter. Das Kind war so süß, vielleicht zwei Jahre alt, und sprühte vor Leben. In dem Moment, als sie den Namen Michelle rief, erstarrte ich innerlich und konnte nur noch wegrennen. Ich verstehe nicht, warum jetzt und warum hier. Warum passiert es ausgerechnet jetzt? Ich wollte hier doch nur Urlaub machen und endlich zur Ruhe kommen!"

Ich seufzte tief.

„Jetzt bin ich unendlich traurig. Die Trauer in mir ist so schwer und lähmend und tief, dass ich sie kaum ertrage. Ich habe meine Tochter verloren und meinen geliebten Partner. Und ich selbst bin an allem schuld."

Bernard nahm mich wieder in seine Arme. Lange sagte er nichts; dann plötzlich, wie aus einer anderen

Welt kommend, hörte ich seine Stimme: „Auch, wenn du es nicht glauben willst, es war nicht deine Schuld. Alles hat seine Zeit. Die Tatsache, dass du heute mit mir darüber redest, öffnet dir die Tür für Heilung. Es ist wichtig, diese Schuld loszulassen. Niemand außer dir selbst verurteilt dich. Heute Abend bist du den ersten Schritt gegangen. Irgendwann wird auch die Zeit kommen, mit deinen Lieben darüber zu reden und zu trauern. Es ist wichtig, zusammen zu trauern, denn der Schmerz verbindet und bindet euch. Zusammen könnt ihr für Heilung sorgen, auch wenn jeder seinen eigenen Weg geht und gehen sollte."

Wir schauten noch lange über das Meer, redeten und schwiegen zusammen. Ich genoss die Nähe zu ihm und das Gefühl, wieder Frau und verletzlich sein zu dürfen. Ich spürte, dass ich eine gewisse Anziehung auf Bernard ausübte und war gespannt, wie es mit uns weitergehen würde. Irgendwann schlug Bernard vor, aufzubrechen und etwas zu essen zu holen. Ich hatte meine guten Manieren vergessen, und so entschuldigte ich mich, ihm vorhin noch nicht einmal etwas zu trinken angeboten zu haben. Wir stiegen wieder ins Auto und fuhren zurück zum Haus.

Diesmal lud ich ihn ein. Wir aßen die Salatplatte, die wir unterwegs geholt hatten. Das Geräusch des Meeres, dass durch das geöffnete Fenster deutlich zu hören war, klang wie eine lang vergessene Melodie des Herzens. Es war ein Geschenk, nach diesem emotionalen Tag diesen Frieden und diese Vertrautheit zu fühlen.

Wir verbrachten fast die ganze Nacht mit Reden und gingen am Strand spazieren. Ich hörte mir seine Lebensgeschichte an und erzählte ihm meine. Ich sprach über meine Ängste und Hoffnungen und meine Beziehung zu Frank, den ich nun seit fast neun Monaten nicht mehr gesehen hatte. Gegen drei Uhr morgens gingen wir erschöpft und zufrieden zu Bett. Ich spürte seinen Atem und roch seinen angenehmen Duft. Die Wärme seines Körpers erinnerte mich daran, einen attraktiven Mann in meinem Bett zu haben. Dass er mich erregte, war nicht zu verleugnen. Ich lehnte mich noch mehr an seinen Körper. Er spürte meine Bewegungen, schaute mir tief in die Augen, drückte mich noch fester an sich und schaute auf meine Lippen. Ganz kurz setzte mein Verstand aus; ich wusste nicht, was ich tun sollte. Nachdem ich Frank und unsere Wohnung damals verlassen hatte, hatte ich mich auf keinen anderen Mann mehr eingelassen. In den letzten Monaten hatte ich kaum noch so etwas wie sexuelle Lust empfunden. Der Verlust meines Kindes hatte eine tiefe Spur in mir hinterlassen. Doch in diesem Moment, in diesem Schlafzimmer, in diesem Haus am Meer, spürte ich Lust in mir emporsteigen. Das große Bett war mehr als einladend für sinnliche Erforschungen. Es gab eine starke Anziehung zwischen uns, doch erstaunlicherweise fühlte sich alles, so wie es in diesem Moment war, perfekt an. Es brauchte nicht mehr und ich brauchte mir nichts beweisen. Außerdem war ich nur für ein paar Tage im Urlaub und gerade dabei, meine alten Verletzungen zu heilen.

Bernard war offenbar der gleichen Ansicht. Nach unseren tiefen Gesprächen setzte die Müdigkeit ein, in der ich mich dankbar treiben ließ. Bernard lockerte seine Umarmung, gab mir einen sanften Kuss auf die Lippen und so schliefen wir ein.

„Einen wunderschönen guten Morgen, Cassandra! Hast du gut geschlafen?"

Es war in der Tat ein wunderschöner Morgen. Ich fühlte mich ausgeschlafen und leicht. Das Reden hatte mir gutgetan. Irgendwie fand ich es ganz natürlich, Bernard hier zu sehen. Ich fühlte Zuneigung für ihn, aber es war anders als mit Frank oder mit den Männern, mit denen ich zusammen war. Bernard war sehr gut aussehend und vier Jahre älter als ich. Er hatte etwas Rebellisches und Wildes in sich und war sicher für die meisten Frauen sehr anziehend. Doch zwischen uns fühlte sich alles ganz besonders an. Es war nicht mit einer brüderlichen Liebe zu vergleichen, dennoch ging es in diese Richtung.

„Bonjour, Bernard. Ich hoffe, du konntest ein wenig schlafen?"

Ich sprang aus dem Bett und ging unter die Dusche. Als ich zurückkam, wartete er auf mich. Ich fühlte mit einer gewissen Traurigkeit, dass er bereit war zu gehen.

„Ich habe keine andere Kleidung dabei und würde gern nach Hause fahren. Heute ist Sonntag und es soll ein sehr schöner Tag werden. Wenn du willst, hole ich dich in etwa vier Stunden ab. Ich möchte dir die Gegend zeigen. Du entscheidest, ob du willst oder nicht."

Sprachlos und zugleich begeistert von der Idee nickte ich. Ich schenkte ihm eine dicke Umarmung, bevor er das Haus verließ.

Wir verbrachten einen schönen Nachmittag, fuhren entlang der Küste zwischen Cassis und Marseille, um die Calanques zu bewundern. Immer wieder machten wir kleine Pausen, da Bernard mir unbedingt einiges zeigen wollte. Wir redeten über Gott und die Welt, über Werte und Ideale. Es war ein gutes Gefühl, eine Person getroffen zu haben, die ähnliche Vorstellungen hatte wie Frank und ich.

Frank! Sofort musste ich an ihn denken. Der Verlust von Michelle hatte ihn verändert, dennoch hatte er sein Vertrauen in das Leben und seine Lebensfreude beibehalten. Damals hatte er immer zu mir gesagt: „Cassandra, es hat einen Grund, und wir können nicht immer alles verstehen. Gib nicht auf. Gib uns bitte nicht auf."
Für mich hatte es sich angefühlt wie Verrat. Wie konnten wir ein normales Leben weiterführen? Ich glaube, er hat es mir nicht verziehen, dass ich uns aufgeben hatte. Nachdem ich unsere Wohnung verließ und wegzog, hörte ich, dass er sich von seinem Arbeitgeber nach Kopenhagen hatte versetzen lassen. Vor drei Monaten bekam ich flüchtig ein Gespräch zwischen meinem Bruder und seiner Frau mit. Sie redeten darüber, dass er wieder da sei. Anscheinend hatte es ihm dort nicht gefallen. Als sie mich bemerkten, hörten sie auf zu reden und ich hatte kein Bedürfnis, nachzufragen.

Ich drehte mich zu Bernard. Alles fühlte sich gut an. Wir unterhielten uns noch lange, und er zeigte mir Methoden, um mit meiner Trauer besser umzugehen. Er empfahl mir zum Beispiel, einen Brief an Michelle zu schreiben und ihn dann am Strand zu verbrennen oder zu vergraben. Es war wichtig, ihr alles zu schreiben, was mich belastete. Mit dem Feuer am Strand sollte ich ein kleines Ritual vollziehen: Es bestand darin, mir vorzustellen, dass ich in seinem Angesicht alle alten

Lasten, Schmerzen und Ängste laut aussprach und mit einem tiefen Ausatmen in den Flammen versenkte. Um die Wirkung des Rituals zu verstärken, empfahl er mir, die Worte zusätzlich auf Papierstücke zu schreiben und sie mit jedem Ausatmen ins Feuer zu werfen. Wichtig sei es, nach dem Verbrennen eines jeden Wortes, das ein Thema von mir symbolisierte, im Annehmen und Loslassen dieser Emotion zu verweilen und erst nach einer gewissen Zeit weiterzumachen. Das Feuer habe eine große Kraft der Transformation und der Reinigung. Mit meiner geistigen Vorstellung und dem Vertrauen in mir würde das Ritual mir helfen, loszulassen. Auch gab er mir Tipps für Atemtechniken, wie das bewusste und verlangsamte Ausatmen, wenn der alte Schmerz mich zu überwältigen drohte. Ich war Bernard für all diese Hilfestellungen dankbar und nahm mir vor, sie auszuprobieren. Nachdem wir unterwegs eine Kleinigkeit gegessen hatten, fuhr er mich gegen dreiundzwanzig Uhr nach Hause. Er hatte am nächsten Tag Termine und wollte sich vorbereiten.

Vor fünf Tagen, als ich hier eingetroffen war, war ich der Meinung gewesen, einfach Urlaub zu machen. Der Gedanke, dass diese Reise für mich zu einer Therapie werden könnte, wäre mir nicht einmal im Traum eingefallen. Trotzdem war ich dankbar, dass nun alles so gekommen war. Endlich war ich mehr als bereit, meine inneren Widerstände aufzugeben und das Ritual, das Bernard mir empfohlen hatte, auszuprobieren.

Als ich am Montagmorgen aufwachte, war es noch sehr früh. Ich schaute auf mein Handy: 5:30 Uhr. Ich stand auf, nahm eine lange Dusche und zog ein weißes Kleid an – die Farbe der Reinheit, aber auch die der

Trauer. Ich ging die Treppe hinunter. In meiner Hand lag der Brief für Michelle, eine Streichholzschachtel aus dem Wohnzimmer und eine kleine Blume, die ich am Vortag gepflückt hatte. Die frische Luft des kalten Morgens tat mir gut. Ich ging zum Strand, suchte mir einen bequemen, windgeschützten Platz und begann den Brief, den ich in der Nacht geschrieben hatte, zu lesen:

Mein Schatz, mein Herz, meine Sonne Michelle, ich bin mir nicht sicher, die richtigen Worte zu finden. Es gibt kaum Worte, um meinen Schmerz, meine Fassungslosigkeit zu beschreiben. Es tut mir leid, so leid, dass alles so gekommen ist. Du fehlst mir so sehr, und seit ich dich verloren habe, habe ich auch mich selbst verloren. Das Leben ist so leer, so sinnlos ohne dich.

Der Tag, als ich erfuhr, dass ich mit dir schwanger bin, war der glücklichste in meinem Leben. Für deinen Vater und mich war es ein Geschenk. Wir hatten es nicht geplant, aber im Nachhinein ist es mir klar, dass nur ein bestimmter Tag für deine Empfängnis in Frage kommen konnte.

Beim Schreiben dieser Zeilen muss ich lachen, denn diese eine bestimmte Nacht mit deinem Vater war magisch, einmalig — und wie ein Blitzgedanke dachte ich an diesem Tag zum ersten Mal an die Möglichkeit von Kindern in unserem Leben.

Obwohl ich schon länger mit ihm zusammen war, war unsere sexuelle Einigung an diesem Tag sehr intensiv, auf allen Ebenen erfüllend. Eine strahlende und erfüllende Liebe. Leichtigkeit und Vertrauen umhüllten uns.

Vermutlich denkst du, dass dies keine Worte für ein Kind sind, aber ich denke, du hast mich genau aufgrund meiner Einzigartigkeit als Mutter ausgewählt. Oder?

Du fehlst mir so sehr!

Ich habe, während ich dich in mir tragen durfte, versucht, auf alles zu achten. Doch ich habe versagt, und ich weiß nicht genau, wann es passierte, dass du dich nicht mehr wohlgefühlt hast.

Wann hast du dich entschieden, mich, uns zu verlassen? Was habe ich falsch gemacht? War es meine Angst, dir keine gute Mutter zu sein? War es mein Gedanke, überfordert zu sein und vielleicht meine Freiheit und Unabhängigkeit durch dich zu verlieren?

Ich weiß es nicht, und gerade diese Ungewissheit ist das Schlimmste! Durch die Ereignisse der letzten Tage ist mir klargeworden, dass ich nicht ewig mit dieser Schuld leben kann und dass alles einen Sinn haben muss. Und jetzt heißt es zu versuchen, weiterzugehen und für das Leben dankbar zu sein. Es gibt sicher einen Grund, warum alles so kam. Daran will ich jetzt glauben.

Du lebst für immer in meinem Herzen. Ich liebe dich und werde dich nie vergessen. Ich bin nun bereit zu trauern, den Schmerz des Verlustes zu fühlen und ihn anzunehmen. Nur so kann ich mich wiederfinden.

Meine Kleine, ich habe dich lieb. Meine Worte sind vermutlich durcheinander, aber es war mir sehr wichtig, dir diese Zeilen zu schreiben.

Lebe wohl und schaue auf mich, auf uns mit und in Liebe! Schicke mir bitte viel Kraft und vergiss mich nicht. Verzeih mir...

Ich habe dich lieb, Michelle. Ich liebe dich...

Die Liebe bleibt und ist ewig!

Nachdem ich die letzten Zeilen gelesen hatte, legte ich den Brief in eine Sandmulde an einem geschützten Ort, wo an diesem Morgen kaum Wind wehte. Ich hielt ein angezündetes Streichholz daran und sah zu, wie die kleinen, gelben Flammen ihn langsam in schwarze Asche verwandelten. Es war getan!

Ich atmete tief durch, stand auf und ging am Ufer entlang, bis ich irgendwann müde wurde, umkehrte und mich entschied, frühstücken zu gehen. In der Nähe des Hauses angekommen, hörte ich plötzlich eine wunderschöne Melodie. Jemand spielte Cello, und es kam aus dem Haus! Ich kannte die Komposition sogar: die erste Suite von Bach in G-Dur. Ich konnte meine Neugier kaum mehr zügeln und beschleunigte meinen Gang. Als ich ankam, stand die Tür offen. Ein Mann drehte mir dem Rücken zu. Er spielte nun in unsagbarer Vollkommenheit das *Ave Maria*. Ich zog die Schuhe aus und ging, ohne eingeladen worden zu sein, langsam hinein. Dann setzte ich mich leise auf den Boden und schloss die Augen.

Sollte es einen Himmel geben, dachte ich, würde er sich genauso anfühlen. War dies noch ein irdischer Klang, oder war ich bereits im Himmel, wo die Engel sangen? Ich spürte eine Gänsehaut nach der anderen. Einen Moment lang war es so, als lösten die Grenzen meines Körpers sich auf. Es fühlte sich beängstigend an; zugleich jedoch lag etwas zutiefst Vertrautes in diesem Gefühl. Irgendwann holte mich die fremde Stimme eines Mannes aus diesem Zustand der Versenkung. Langsam öffnete ich die Augen und sah ihn an.

Noch nie in meinem Leben war ich solchen Augen begegnet. Sie hatten Klarheit und Feuer, zugleich eine unendliche Tiefe, einen Ozean an Mitgefühl. Ich fühlte mich nackt. Ohne es erklären zu können, wusste ich sofort: Dies hier war die Begegnung, von der Bernard gesprochen hatte. In dem Moment, als er sich zu mir bewegte, stand ich auf. Er gab mir die Hand.

„Guten Morgen. Hoffentlich habe ich Sie nicht aufgeweckt mit meiner Musik? Ich bin John und bin früher als geplant zurückgekommen. Ich hoffe, es ist für Sie in Ordnung, dass das Parterre sich nun in einen Ort musikalischer Praxis verwandelt.“

„Guten Morgen. Ich bin Cassandra. Ich hoffe eher, Sie beim Spielen nicht gestört zu haben! Sie spielen unglaublich gut, und Bach ist mein Lieblingskomponist! Ihre Musik hat mich gerade wirklich in eine andere Welt geführt. Ich habe noch nicht mal gemerkt, dass Sie aufgehört haben zu spielen. Ich hatte das Gefühl, die Musik würde weiter in mir klingen. Danke sehr für dieses Geschenk an diesem für mich so besonderen Morgen!“

Er lächelte und fragte, ob ich mit ihm frühstücken würde. Ich sagte sofort ja und folgte ihm in die Küche, wo wir uns einen Obstsalat zubereiteten. John war sehr humorvoll und hatte offenbar viel Lebenserfahrung. Er war in fast allen Ländern dieser Welt gewesen. Er gab Konzerte weltweit und gönnte sich einmal im Jahr sechs Wochen Urlaub. Meistens im Süden Frankreichs, um sich, wie er sagte, tief zu erholen und sich mit seinem tiefsten inneren Kern zu verbinden. Im Urlaub verbrachte er die meiste Zeit damit, Cello zu üben, da für einen Musiker eiserne Disziplin nicht wegzudenken war. Er spielte seit über vierzig Jahren Cello und beschäftigte sich außerdem mit Tai-Chi, Atemübungen und Meditation. Immer wieder wiederholte er, dass ein Künstler nur mit einem ruhigen Geist und einem geschmeidigen Körper eins mit seinem Werk werden könne. Dabei benutzte er den Begriff „Sprachrohr der

Musik" und nannte sich auch selbst so. Es war interessant, ihm zuzuhören. Weisheit und wahrhaftige Lebenserfahrung schienen aus dem Kelch seines Körpers zu kommen. Gierig trank ich jedes seiner Worte. Ich selbst hatte kaum Ahnung von dem, wovon er erzählte; dennoch war ich von seinem Charisma und seiner Agilität tief beindruckt. Ich konnte es kaum glauben, als er mir sagte, er sei über sechzig, denn er wirkte trotz seiner bereits grauen Haare noch jung.

Ich verbrachte einen wunderschönen Morgen mit John und fand es nicht mehr dramatisch, mit ihm für die nächsten Tage das Haus teilen zu müssen – ich fand es nun eher schade, dass unsere Wege sich nicht schon früher gekreuzt hatten. Gegen Mittag verabschiedete ich mich von ihm, um nachzudenken, versprach ihm aber, pünktlich um siebzehn Uhr wieder bei ihm zu erscheinen, damit wir zusammen am Strand Tai-Chi und Meditation üben konnten.

Es war interessant zu beobachten, wie die Begegnungen mit Bernard und John meine Skala der Akzeptanz langsam, aber sicher verschoben. Ich schien dabei zu lernen, dass es wichtig war, Menschen mit dem Herzen zu begegnen und keine zu schnellen, voreiligen Schlüsse über sie zu ziehen. Es war der sechste Urlaubstag, und ich spürte, dass in diesen Tagen viel mit mir geschehen war. Ich hatte kaum Worte, um die Situation zu beschreiben. Ich fühlte mich einfach anders, leichter, ruhiger.

Die Gedanken an Michelle waren weiterhin schmerzhaft, aber ich hatte bei ihnen nicht mehr dieses Gefühl, ersticken zu müssen. Der Schmerz war auszuhalten, und manchmal fühlte ich nun sogar eine gewisse Ruhe und Dankbarkeit, denn der Verlust hatte mir, so begriff ich nun, auch den Weg zu neuen Möglichkeiten geöffnet. Dabei dachte ich auch daran, dass ich den Mut zu meiner Selbständigkeit erst durch die schmerzhaften Herausforderungen der letzten Monate gefunden hatte.

Die nächsten Stunden verbrachte ich damit, an einem meiner Projekte zu arbeiten. Ich hatte zwar Urlaub, dennoch war ich gerade so inspiriert und sprühte vor Kreativität, dass ich nicht anders konnte, als meinen Zeichenblock zu holen und ein paar Skizzen zu machen. Ich hatte Visionen für eine neue Sommer-Herbst-Kollektion, der Schwerpunkt lag auf Accessoires mit klaren Farbkombinationen: Damenhüte mit passenden Handschuhen, sowohl für draußen als auch für innen. Auf allen Skizzen fand sich die Farbe Orange wieder, manchmal auch nur in Form eines Schmetterlings. Innerhalb weniger Stunden machte ich um die dreißig Skizzen. Auf einmal fiel mir auf, dass ich auf jeder Zeichnung etwas Orangefarbenes und einen Schmetterling gezeichnet hatte. Ich war so in meine Arbeit vertieft, dass ich völlig die Zeit vergaß. Irgendwann schauten meine Augen wie ferngesteuert auf das Handy und mit einem Schreck stellte ich fest, dass es bereits 17:10 Uhr war. Ich sprang auf, zog mich schnell um und stürzte hinaus.

John stand bereits am Strand mit geschlossenen Augen. Ich wusste nicht recht, was ich tun sollte und hörte ihn sagen: „Bleib einfach nur stehen und schließe deine Augen!" Vermutlich hatte er meine Schritte gehört. „Verbinde dich jetzt mit deinem Atem. Lege eine Hand auf deinen Bauch."

Ich tat, was er sagte und spürte die Bewegung meines Atems – spürte, wie meine Bauchdecke sich beim Einatmen langsam hob und beim Ausatmen senkte. Mit jedem Atemzug fühlte ich, wie ich mich immer mehr entspannte. Nun drehte John sich mit dem Rücken zu mir und bat mich, die gleichen Bewegungen zu machen wie er. Im Fluss des Atems begannen wir, uns zu bewegen: ein leichtes Heben der Arme und der Beine, synchrone Drehbewegungen der Hüfte und Schultern. Es fühlte sich an wie ein Tanz. Nach einer gewissen Zeit hielten wir inne, verweilten einfach nur im Stand und beobachteten unseren Atem. Schließlich setzten wir uns und atmeten im langsamen Rhythmus sechs Sekunden ein und zwölf Sekunden aus. John erklärte mir, dass der Geist durch das verlängerte Ausatmen noch mehr Entspannung erfahre und die Fähigkeit, Dinge so anzunehmen wie sie seien, durch diese Atemtechnik trainiert werde. Am Ende zeigte er mir eine weitere Übung: Ich sollte meine Hände aneinander reiben, bis sie warm wurden, um sie dann sanft an das Gesicht oder an den Körper zu legen. Ich versuchte es, die Wärme in meinen Händen war sehr angenehm.

Ich fühlte mich gut. Ruhe war in mir, nein: Ich war Ruhe. Ich war gestillt und hatte kein weiteres Bedürfnis. Ich war einfach da, bedingungslos glücklich.

„Du strahlst."

Ich lächelte, ohne die Augen zu öffnen. Es war so schön, in diesem Zustand zu verweilen und ich hatte Angst, ihn zu verlieren, wenn ich wieder die Augen öffnete.

„Deine Begegnung mit dem Leben geschieht nur in der Gegenwart, in diesem Moment. Nur das JETZT enthält alles, und mit dem bewussten Atmen durchleuchtest du alles, was ist. In diesen zwei Sätzen fasse ich die Lehre Buddha für mich zusammen, Cassandra."

Er schwieg kurz.

„Wenn du im JETZT bist, ist alles da. Die volle Präsenz im JETZT hat die Kraft, alles zu heilen. Du fühlst Stille, und diese Stille ist der Brunnen, aus dem Freude und Frieden entstehen. Angelangt in dieser Stille, erkennst du auch Gottes Vision für seine Schöpfung. Denn aus der Idee der Liebe und Des-sich-erfahren-Wollens des Schöpfers sind wir hier. Wir sind ein Teil von Ihm, und gleichzeitig ist Er in seiner Ganzheit in jedem von uns. Dieser Gedanke verwirrt und beängstigt viele Menschen.

Das Leben ist immer im Fluss und in Bewegung, und so können wir erfahren, dass das, was wir Schmerz, Leid oder Verlust nennen, im Grunde nur vergängliche Botschaften vieler Projektionen sind, die wir über Jahre oder sogar über mehrere Leben kultiviert haben. Entfaltet diese Gewissheit sich in uns, entsteht ein Verständnis der weltlichen und materiellen Dinge, und wir erfahren echtes Mitgefühl.

Versuche, im Fluss des Lebens zu bleiben und erkenne, wann eine Welle kommt. Wenn sie sichtbar ist, mache dich bereit und reite sie, mit Leichtigkeit und Offenheit. Was auch immer du zu empfinden meinst, kehre IMMER zurück zur Stille, Cassandra, und erkenne, was DA ist. Denn hinter allen Dingen oder am Ursprung aller Dinge ist etwas. Etwas Ewiges …"

„Die Liebe."

Es war meine Stimme, die sich gerade gemeldet hatte.

„Ja, Cassandra. Die Liebe. Sie ist die Antwort auf alles und der Grund für alles. Schwer zu glauben in dieser Welt voller Leiden, Gewalt und Selbstsucht. Doch glaube mir: Die Liebe ist einfach da. Sie ist immer da und muss sich nicht beweisen. Sie ist Fülle und kann keinen Mangel erleiden. Wenn du diese Tatsache durch jede Zelle deines Körpers erfährst, wirst du jeden Verlust, jede Trauer, jeden Schmerz als Möglichkeit der Erkenntnis sehen."

Jeder Verlust, jede Trauer eine Möglichkeit der Erkenntnis? Mein Verstand streikte beim Hören dieser Worte, aber tief in mir ahnte ich, dass er recht hatte.

Die Tage bis zu meiner Abreise bestanden nun aus regelmäßigen Tai-Chi-Einheiten, Atemübungen und Meditation mit John. Er teilte sein Wissen und seine Erfahrungen voller Begeisterung mit mir. Wir verbrachten mindestens drei Stunden am Tag zusammen, meist in der Stille. In seiner Nähe kam mein Geist schnell zur Ruhe und viele Zusammenhänge wurden mir ganz natürlich und intuitiv klar.

Wenn unsere Tai-Chi-Übungen einige unbekannte Bewegungen erforderten, stellte John sich vor mich hin, damit ich seine Bewegungen beobachten und nachmachen konnte. Er legte viel Wert darauf, mich zu ermutigen, eigene Erfahrungen zu machen. Daher erklärte er den Sinn der Übungen, wenn überhaupt, erst ganz am Ende und mit vorsichtigen Deutungen. Ich sprühte vor Leben und Zuversicht und hatte das Gefühl, neugeboren zu sein. Bernard hatte recht gehabt:

Diese Reise war dabei, meine Wahrnehmung des Lebens zu verändern – oder hatte es bereits getan.

Am Donnerstag, dem Vorabend meiner Abreise, saßen wir zusammen am Strand. Wir hatten gerade unsere Meditationsübungen beendet und tranken einen Lemongras-Tee. Mich hatte überrascht, dass John in den letzten Tagen so viel Zeit mit mir verbracht hatte. Eigentlich wollte er sich ausruhen und sich für seine nächste Welttour vorbereiten, deshalb fragte ich ihn, warum er seine Zeit für mich opfere. Er benahm sich mir gegenüber immer wie ein Gentleman. Dennoch konnte ich die Idee eines erotischen Begehrens nicht ganz verwerfen. Schließlich lebte ich ganz allein mit ihm an einem zurückgelegenen Ort. Nicht, dass er mir einen Grund gab, Angst zu empfinden, aber ich wollte wissen, warum er mir so half.

Auf meine Frage hin lachte er und sagte: „Cassandra, es würde sehr lange dauern, dir den Grund zu nennen. Lass mir dir nur kurz sagen, dass du mich an meine verstorbene kleine Schwester erinnerst. Ich hätte mir sehr gewünscht, mehr Zeit mit ihr zu verbringen.“ Nach einer Pause sprach er weiter: „Außerdem finde ich es wichtig, die Lehre Buddha und meine Erfahrungen weiterzugeben, wenn sich die Möglichkeit dazu ergibt. Ich habe nicht viel Gelegenheit, wirklich Zeit mit unbekannten Menschen zu verbringen. Meist beschränken die Treffen sich auf das Signieren verkaufter CDs oder Autogramme nach Konzerten.“ Mit einem Schmunzeln beendete das Thema mit dem Satz: „Und glaub mir bitte, dass nicht alle Musiker Egozentriker sind.“

Er nahm etwas in die Hand und gab es mir. Auf den ersten Blick konnte ich nichts erkennen, denn es war verpackt. Ich war sprachlos, als ich das Geschenk öffnete und sich der Inhalt meinen Augen in seiner vollen Pracht offenbarte: ein kleines Portrait von mir. Unter dem Bild stand: *Eine Verabredung im Urlaub. Ein alter Bekannter, der kommt, um dich daran zu erinnern, wer du bist. Erinnere dich und verweile im JETZT!*

Ich war überwältigt und konnte kein Wort herausbringen. Es gibt Momente, in denen die Sprache des Herzens und das Licht, das durch die Augen strahlt, mehr als ausreichend sind. Ich war tief berührt von diesem wertvollen Geschenk und überrascht davon, wie gut John auch malen konnte. Das Portrait zeigte mich am Strand, die Augen geschlossen und die Haare wild im Wind tanzend. Es strahlte das Gefühl aus, angekommen zu sein. Ja, so war es: Ich war in mir angekommen.

An diesem Abend verabschiedete ich mich von John und bedankte mich für alles. Ich wusste nicht, ob unsere Wege sich noch einmal treffen würden. War es notwendig? Vielleicht oder vielleicht nicht?

Meine Nacht war voll von Träumen, Gedanken und Ideen. Ich war tief erregt und hatte das Gefühl, mein Leben neu zu entdecken. Der Wecker klingelte. Es war soweit: Mein Urlaub war zu Ende. Didier, der Taxifahrer, holte mich ab und fuhr mich zum Bahnhof. Ich war froh, Bernard noch einmal in Marseille zu treffen. Durch meine Beschäftigung mit John in den letzten Tagen meines Urlaubs hatte ich kaum noch Zeit für ihn gefunden. Wir hatten uns am Bahnhof verabredet, um in der Nähe zusammen zu Mittag zu essen. Es war mir wichtig, ihn als kleinen Dank einzuladen. Außerdem hatte ich eine Überraschung für ihn.

Nach dem Mittagessen fuhr er mich zum Flughafen und begleitete mich zur Gepäckabgabe. Auf dem Weg zum Gate sprach er mich auf die Mappe an, die ich unter dem Arm trug. Wir setzten uns auf eine Bank und ich zeigte ihm die Entwürfe meiner neuen Kollektion, die ich gemacht hatte. Voller Begeisterung lächelte er.

„Cassandra, ich sehe: Du hast deine Kreativität aus deinem inneren Schoß befreist. Sehr schön!"
Ich schaute ihn verblüfft an.
„Ja, es ist sichtbar, dass du dich wieder öffnest und dem Leben mit deinen Talenten dankst. Deine Entwürfe zeigen es. Der innere Tanz deiner Fähigkeiten zeigt sich im Außen. Du bist schöpferisch und wirst es sein in allem, was du tun wirst. Du folgst nun deiner inneren Stimme, und dein Weg wird durchleuchtet werden von ihrem Licht. Sicher möchtest du wissen, wie ich darauf komme? In einigen spirituellen Traditionen heißt es, der Sitz des Selbst liegt im Schoß, und die Farbe dieses Zentrums ist orange. Außerdem sehe ich überall auf deinen Bildern einen Schmetterling, und er zeigt mir: Eine Wandlungsphase ist vollendet. Nun geht es darum, dich daran zu erfreuen und dein Leben mit Leichtigkeit zu gestalten. Sei der Schmetterling! Die Raupe ist nun weg. Sie hat es dir ermöglicht, zum Schmetterling zu werden. Verfluche die Schmerzen und das Leid des Menschseins nicht. Mache Frieden mit deiner Vergangenheit, meine liebe Cassandra. Und nun gehe und lebe dein Leben."

Ich umarmte ihn und gab ihm mein Geschenk.

„Eine Kleinigkeit für dich, mein einmaliger Bernard. Diese Musik wird dir gefallen. Sie ist von einem Meister des Cellos, dem ich hier begegnen durfte." Ich drehte meine Handflächen nach oben und fügte hinzu: „Die Begegnung, die du sahst."

Er lächelte.

„Er hat es sogar für dich signiert. Die Widmung wird dir gefallen. Sie spricht von dir und mir. Von uns und dieser Verabredung, denn auch du bist in den Linien meiner Hände zu sehen. Das weiß ich einfach! Danke dir. Danke für alles. Du bist mein persönlicher Engel. Ich bin mir sicher, du bist ein Engel. Du bist bestimmt nur für diesen Urlaub erschienen. Werden wir uns nochmal sehen?"

Er lächelte, nahm mich in seine Arme und drückte mich fest. Dann gab er mir einen sanften Kuss auf meine Stirn und ging, ohne sich noch einmal umzudrehen.

Ich konnte meine Tränen nicht zurückhalten. In diesem Moment wusste ich, dass ich ihn nie wiedersehen würde.

Nun war ich wieder zu Hause. Mittlerweile konnte ich kaum glauben, während meines zehntägigen Urlaubs, der nun acht Wochen zurücklag, all diese tiefen Erfahrungen gemacht zu haben. Ich hatte viel in meinem Laden zu tun. Meine neue Kollektion fand großes Interesse und war ein großer Erfolg. Voller Begeisterung war ich dabei, weitere Ideen zu entwickeln. Daher plante ich, eine Verkäuferin einzustellen, um mich voll und ganz auf weitere Entwürfe und Kollektionen zu konzentrieren. Von John hatte ich gelernt, dass ein Künstler nur in der Stille seines Seins

eins mit seiner Kreativität und Kreation werden kann. Und nun schöpfte ich einzigartige Ideen aus dem Kelch meiner inneren Ruhe.

Weil es mir guttat, hatte ich inzwischen Momente der Entspannung in meinen Alltag eingebaut. Einmal in der Woche ging ich zum Tai-Chi zu einer chinesischen Lehrerin, von der ich mehr als begeistert war. Außerdem meditierte ich nun jeden Tag und hatte feste Pausen in meine Arbeit eingebaut. Mein Appetit war wieder da, und ich achtete auf eine gesunde, abwechslungsreiche Ernährung. Ich hatte den Mut gefunden, Frieden mit meiner Vergangenheit zu schließen. Daher hatte ich vor einigen Wochen auch Frank angerufen.

„Hallo, Frank, hier ist Cassandra. Bitte leg nicht auf! Ich weiß, es gibt keine Entschuldigung für mein Verhalten, aber in den letzten Wochen habe ich vieles verstanden. Ich möchte mit dir darüber reden, über Ereignisse und Begegnungen, die mein Leben verändert haben. Ich will gemeinsam mit dir um Michelle trauern. Ich möchte dich sehen. Ich würde es verstehen, wenn du nein sagst. Dennoch wäre ich sehr dankbar, wenn wir uns sehen könnten. Das wäre mir sehr wichtig."

Frank sagte nicht viel, war aber bereit, mich zu sehen. Er versprach, sich zu melden, wenn er soweit wäre. Vielleicht bestand noch Hoffnung für uns? Die Zeit würde es zeigen.

An einem Apriltag fühlte ich mich auf unerklärliche Weise anders. Eine Unruhe war in mir, deshalb entschloss ich mich zu einer kurzen Pause an der frischen Luft mit anschließendem Mittagessen in einem Restaurant in der Nähe. Vorher wollte ich Bernard anrufen, den ich seit meiner Rückkehr noch nicht hatte erreichen können. Doch es erklang dieses Mal kein Freizeichen, sondern ich hörte sofort eine automatische Meldung: „Die Nummer, die Sie gewählt haben, ist nicht vergeben."

Ich probierte es erneut und bekam dreimal die gleiche Nachricht. Verdutzt stellte ich fest, dass Bernard offenbar verschwunden war.

Ein wenig melancholisch zog ich meinen Frühlingsmantel an. Ich nahm meine Schlüssel und ging in Richtung Ausgang. Genau in diesem Moment ging die Tür auf und ich erstarrte: Frank stand vor mir!

„Hallo, Cassandra. Ich war gerade in der Nähe und dachte, ich komme einfach mal vorbei. Dein Bruder war so nett und hat mir die Adresse deines Ladens gegeben."

Ich konnte weder sprechen noch mich bewegen. Frank kam auf mich zu, und offenbar wusste er nicht, wie er sich verhalten sollte. Ich hatte ihn das letzte Mal vor über zehn Monaten gesehen. Er sah müde aus. Dennoch waren seine Augen immer noch voller Lebensfreude und Vertrauen – Eigenschaften, in die ich mich sofort verliebt hatte, als ich ihn zum ersten Mal sah. Plötzlich spürte ich: Meine Liebe für ihn war immer noch da, und mein ganzer Körper sprühte davon.

Ich lächelte und er kam näher. Mein Herzschlag beschleunigte sich, dann ging auch ich schüchtern einen Schritt auf ihn zu. Frank kam mir langsam entgegen und nahm mich in seine Arme. Ich begann zu weinen und drückte ihn an mich. Die Nähe zwischen uns war so stark, als wären Michelles Verlust, die Trennung,

Zweifel und Schmerzen der letzten Monate wie weggewischt.

Es war so schön, seine Wärme zu fühlen. Es war so schön zu wissen, dass er wieder da war. Das einzige, was ich in diesem Moment herausbekam war: „Verzeih mir, Frank … Es war nicht meine Schuld … Es war nicht unsere Schuld."

Deine Wahrnehmung färbt alles, denn jede deiner
Handlungen ist das Ergebnis eines bestimmten
Gedankengangs.
Alles ist Energie und in stetiger Bewegung.
Darin besteht die Hoffnung.

Die Schuld

Die Luft im Raum war zum Schneiden. Beim erneuten Anblick des Zimmers, in dem ich in den letzten vier Tagen täglich Stunden verbracht hatte, überfiel mich Ekel. Doch statt wegzulaufen, setzte ich wie jedes gut erzogene Kind ein Lächeln auf, ging hinein und schloss leise die Tür hinter mir.

Erleichtert, dass alles im Raum ruhig war, atmete ich tief durch und stellte meine Einkäufe auf dem Tisch ab, um sie nachher in Ruhe auszupacken. In diesem Augenblick fragte ich mich, wie lange diese morbide Situation noch andauern würde. Wie lange wollte meine Mutter diese Rolle spielen. *Bis dass der Tod euch scheidet.* War das nicht der Satz, dem sie vor mehr als dreißig Jahren zugestimmt hatte? Der Bund der Ewigkeit?

Ich warf meiner Mutter einen Blick zu. Zusammen-gerollt lag sie auf dem Schlafsofa, das wir vor zwei Tagen für sie organisiert hatten. Eine sehr gute Entscheidung, auch wenn das Zimmer dadurch enger wirkte. Ihre langen, roten, lockigen Haare, die sie wie ich offen trug, lagen wirr auf dem kleinen Kopfkissen. Ihr langsamer, tiefer Atem hatte in diesem Moment etwas Beruhigendes und Menschliches. Oft vergaß ich, dass meine Mutter auch nur ein Mensch war. Mit ihrem Drang zur Perfektion, ihrer emotionalen Kälte und Überlegenheit schuf sie immer eine Distanz zwischen sich und anderen Menschen, sei es in der Familie oder im Freundeskreis.

Als Kind hatte ich häufig den Gedanken gehabt, bei ihr einer anderen Spezies gegenüberzustehen. Komische Gedanken, die sicher nur ein Kind haben konnte. Bei dieser Erinnerung schüttelte ich den Kopf.

In den letzten Jahren war mir nicht aufgefallen, wie sehr sie sich verändert hatte. Wie auch? Ich besuchte meine Eltern relativ selten, und seit meinem Auszug aus dem Elternhaus mit fünfzehn Jahren war die bereits vorhandene emotionale Distanz zwischen uns noch mehr gewachsen. Dabei war ich auf bestem Weg, in die Fußstapfen meiner Eltern zu treten: die Königin des Eisbergs wie meine Mutter und ein Meister der Verleumdung wie mein Vater. Heilige Mutter Maria, dachte ich.

Obwohl ich nicht sonderlich religiös war, hoffte ich auf die Hilfe einer höheren Macht. Meine Mutter im Schlaf ungestört zu beobachten, hatte etwas Befremdliches für mich. Sie lag einfach da, frei von allen ihrer sonst trainierten Schutzmechanismen. Trotz ihrer noch vorhandenen Schönheit und natürlichen Eleganz spürte ich ihre Müdigkeit und Verletzlichkeit, die sie immer zu verstecken versuchte. Ihre tiefen, ohne Schminke kaum noch zu verbergenden Falten, Zeugen der Zeit und eines anstrengenden Lebens, begrüßten mich in ehrlicher Nacktheit. Wenn auch ungewohnt, war es doch angenehm, diesen Raum ihrer Intimität zum ersten Mal bewusst zu betreten und ihr auf diese — schlafende -Weise zu begegnen. Außerdem war es mir dadurch möglich, anzukommen, ohne dass sie mich gleich mit tausend Dingen konfrontierte. So gesehen barg dieses Zimmer doch einen Hauch Frieden an diesem Morgen. Ich lächelte, dankbar darüber, dass mein Ekel sich langsam legte.

Auf dem Tisch, auf dem meine Einkäufe lagen, standen die riesigen violettfarbenen Tulpen, die Tante Bea meiner Mutter am Vortag mitgebracht hatte. Sie harmonierten farblich mit den orange-gelben Vorhängen; auf diese Weise strahlte das etwa fünfundzwanzig Quadratmeter große Zimmer ein gewisses Ambiente aus, soweit man dieses Wort für einen solchen Raum überhaupt verwenden konnte. Ich nahm einen der beiden unbequemen Stühle und setzte mich in die Nähe des geschlossenen Fensters. Beruhigt durch den größtmöglichen Abstand zwischen ihm und mir, schaute ich endlich zu meinem Vater hin.

Er lag unverändert auf seinem Bett. Seine Augen waren geschlossen, sein Atem ging unregelmäßig. Obwohl er schlief, kam es mir so vor, als wären seine Gesichtszüge vor Schmerzen verzerrt. Es war merkwürdig, wie schnell ich mich an die Geräusche, die medizinischen Geräte und den Geruch des Raums gewöhnt hatte. Aufgrund der starken Medikamente, die mein Vater nehmen musste, wusste keiner, in welchem Bewusstseinszustand er sich befand und wie es ihm tatsächlich ging.

Immer wieder hörte ich unverständliche Laute, dazwischen murmelte er sinnlose Sätze vor sich hin. Meist versank er danach plötzlich in eine Lethargie, die Stunden andauern konnte. Nach Aussagen meiner Mutter gaben die Ärzte ihm nur noch ein paar Tage zu leben, und wir sollten langsam Abschied von ihm nehmen. Ihre Aussage, dass die Ärzte über seinen Gesundheitszustand ratlos waren, konnte ich ihr beim besten Willen nicht glauben. Ich hatte eher das Gefühl, dass mich keiner über seinen wahren Krankheitszustand informieren sollte oder wollte. Ob die anderen tatsächlich mehr über seinen Zustand wussten, konnte ich nicht herausfinden. Auf meine Nachfrage hin erklärte meine Mutter nur, die Untersuchungen hätten keine eindeutige Diagnose ergeben.

Seit meiner Ankunft im Krankenhaus hatte ich keine Möglichkeit gehabt, mich allein mit den Ärzten zu unterhalten, und vermutlich gab es diesbezüglich klare „Befehle" von ihr. Alles um mich herum fühlte sich an wie eine Verschwörung – ein Gefühl, das ich nur zu gut kannte.

Nach meinen Beobachtungen in den letzten Tagen hatte Vater starke Schmerzen. Sein Körper wurde immer wieder erschüttert von epilepsieähnlichen Anfällen, und sein System war kurz davor, zu kollabieren. Zweimal musste er sogar reanimiert werden. Sein Herz und andere Organe versagten langsam nacheinander. Seit zwei Tagen weigerte er sich außerdem, zu essen. Die Krankheit, welche auch immer sie war, hatte vermutlich seine Psyche erreicht, da er nun auch in eine tiefe Depression gefallen zu sein schien. Offenbar begann er zu erkennen, dass es keinen Ausweg mehr für ihn gab. Das Ende war nahe.

Bei dem Gedanken an den unvermeidlich bevorstehenden Tod meines Vaters fühlte ich weder Traurigkeit noch Freude, nur Starre und Hilflosigkeit. Ich sah nur, wie er dort lag und wie die Lebenskraft seinen Körper verließ – dieser Mann, den ich als Kind immer angehimmelt hatte. Wann eigentlich hatte unser Verhältnis sich verändert? Vermutlich, als ich im jugendlichen Alter erfuhr, dass er meine Mutter jahrelang mit ihrer Cousine betrogen hatte. Auch die Nachricht über seine angebliche Affäre mit einer seiner jüngsten Schülerinnen hatte mich erschüttert. Diese Schülerin, Elena, war die beste Freundin meiner jüngsten Schwester Sofia und auch, wenn diese die Geschichte abstritt, wussten wir doch alle, dass hinter dem Gerücht etwas Wahres steckte.

Beim Zulassen der alten Erinnerungen in diesem Zimmer wurde mir noch einmal an diesem Morgen bewusst, wie kompliziert die Geschichte meiner Familie war. Und all die Geheimnistuerei, die Versuche, die Skandale und Verstrickungen unter den Teppich zu kehren, machte sie nur noch verlogener und schamloser. Nach so vielen Jahren war der Gedanke an meine Schwester immer noch schmerzhaft.

Drei Wochen nach den ersten Gerüchten über die angebliche Affäre unseres Vaters fand ich meine Schwester, die mit elf eine Borderline-Persönlichkeitsstörung entwickelt hatte, leblos in unserem Zimmer. Sie war vierzehn, als sie versuchte, sich das Leben zu nehmen. Leider blieben alle Bemühungen, ihr Leben zu retten, erfolglos: Sie starb.

Meine Welt brach zusammen. Die Erinnerungen an diese schmerzhaften Erfahrungen verursachten in mir immer noch eine Mischung aus Wut und Hass gegen meinen Vater und gegen die ganze Welt. Manchmal drohte ich daran zu ersticken. Meine liebste, kleine, arme Schwester! Warum hatte alles so weit kommen müssen? Trotz der Gewissheit, keine Antwort auf meine Fragen zu finden, konnte ich nicht aufhören, mir immer wieder diese Fragen zu stellen: Hätte ich etwas bemerken sollen? War ich zu sehr mit meinen eigenen Liebesgeschichten und meinem Selbstmitleid beschäftigt gewesen? Hatte ich ihr dadurch zu wenig Liebe und Aufmerksamkeit geschenkt? Jetzt, knapp zehn Jahre danach, spürte ich immer noch Schuldgefühle. Welcher

Idiot hatte eigentlich behauptet, die Zeit würde alle Wunden heilen?

Damals hatte ich außerdem mit anderen Heimsuchungen zu kämpfen, etwa dem komplizierten Verhältnis zu Jakob. Ah, Jakob! Mit seinen fünf Jahren Vorsprung übernahm er die Rolle meines Beschützers und schüchterte die frechen Jungs meiner Klasse ein, wenn sie mich ärgerten. Der Gedanke daran ließ mich immer noch schmunzeln. Doch alles wurde kompliziert, als wir uns ineinander verliebten. Er war doch mein Bruder, auch, wenn wir nicht dasselbe Blut hatten.

Alle diese Verstrickungen und Katastrophen führten schließlich dazu, dass ich das Vertrauen in meine Familie verlor. Ich war mit allem überfordert und fühlte mich von allen belogen, hintergangen und im Stich gelassen. Für mich gab es nur noch eine einzige Lösung: Weglaufen! Nach zwei vergeblichen Versuchen fiel ich in eine tiefe Depression, und oft dachte ich nun, wie meine kleine Schwester, daran, meinem Leben ein Ende zu setzen. Alarmiert von dieser Gefahr stimmten meine Eltern meinem Wunsch, zu meiner Tante Bea zu ziehen, zu. Mit achtzehn zog ich dann endgültig von der Familie weg, diesmal zu meinem damaligen dreizehn Jahre älteren Freund und Musiker in einer anderen Stadt. Ich war erleichtert, endlich keinen Kontakt zu meiner Familie mehr pflegen zu müssen. Als Musiker und politischer Ex-Gefangener entsprach Bodo nicht den Erwartungen meiner Eltern, was zu einem weiteren Skandal führte. Diesmal brach mein Vater den Kontakt zu mir ab, indem er mir den Zutritt zum Haus der Familie verbot, solange ich diese Partnerschaft nicht beendete. Er konnte es sich, wie er sagte, nicht leisten, eine „Schande" wie mich als Tochter zu haben – und vergaß dabei seine eigene „Schande".

Wie konnte er, der selbst so gesündigt hatte, einen solchen Affront wagen? Vor allem gegen mich, Annabella, seinem noch einzigen leiblichen Kind! Wie so viele andere, war auch er vermutlich der Auffassung, dass das Privileg ungestrafter Sünden nur Männern gewährt war. Dennoch fragte ich mich natürlich, worin meine eigene „Schande" lag – und ob ich tatsächlich eine Schuld auf mich geladen hatte, indem ich aus Feigheit zu einem älteren, gewaltfreudigen Mann zog, der wegen mir seine Frau verlassen hatte. Hatte ich nicht mehr Gründe als mein Vater, mich für mein Leben und meine Geheimnisse zu schämen? Denn da gab es ja noch die gelegentlichen heimlichen Treffen mit Jakob, der unsere Liebe nicht aufgeben wollte. Seine krankhafte Eifersucht zwang mich schließlich, zu handeln. Nachdem er Bodo krankenhausreif geschlagen und eine Anzeige bekommen hatte, lief ich wieder weg, um mich gegenüber Niemanden mehr rechtfertigen zu müssen. Ich schämte mich für mein Doppelleben, für mein Versagen als Moralapostel und für meine Unfähigkeit, zu meinen Gefühlen zu stehen.
Ich packte meine Koffer und verließ Deutschland. Ich zog nach Italien, wo ich im Bereich Marketing und Webdesign arbeitete. Es war Zeit, ein neues Leben anzufangen. Erst fünf Jahre später zog ich wieder in die Nähe meiner Familie, als ich per Zufall ein gutes Jobangebot von einem Freund meines Onkels bekam.

All diese emotionale Erinnerungen, Monologe und unbeantwortete Fragen der Vergangenheit verursachten in mir einen intensiven Schmerz, daher war ich in diesem Moment fast dankbar, Geräusche im Zimmer zu hören: Meine Mutter wachte auf. Was für eine schizophrene und ekelerregende Familie, dachte ich!

„Annabella, du bist ja schon wieder da! Ich habe dich gar nicht kommen hören. Ich war sehr müde und habe jedes Zeitgefühl verloren. Wie spät ist es denn eigentlich?"

Ich drehte mich zu meiner Mutter und sah, dass sie langsam aufstand und in meine Richtung kam. Sie streichelte mir über den Kopf, schaute kurz zu meinem Vater und ging dann ins Bad, um sich frisch zu machen. Als sie zurück ins Zimmer kam, hatte sie ein Glas Wasser in den Händen. Bei dem Versuch, ihre Tabletten vor mir zu verstecken, fiel eine davon zu Boden.

„Mutter, hast du wieder Kopf- und Magenschmerzen? Ich vermute, du konntest letzte Nacht wieder nur mit Hilfe von Schlaf- und Schmerztabletten schlafen, oder? Wie lange willst du das noch aushalten? Denkst du, du hättest diese Strafe verdient? Siehst du nicht, dass du dadurch kaputtgehst? Willst du, dass wir dich vor ihm beerdigen?"

Wie üblich ignorierte sie meine Worte. Einfach alles unter den Teppich kehren und das gute Image nach außen wahren – das war die ewige Strategie der Familie Gaston. Aber mit meinen fünfundzwanzig Jahren hatte ich keine Lust mehr auf dieses Spiel. Zum zweiten Mal an diesem Morgen spürte ich Ekel in mir aufsteigen. Unfähig, die Situation länger auszuhalten, stand ich auf.

„Übrigens, Annabella: Jakob kommt heute. Endlich wird die Familie komplett sein! Schade, dass es deinem Vater nicht so gut geht, sonst würden wir alle in sein Lieblingsrestaurant gehen. Weißt du noch, am …"

Ohne sie ausreden zu lassen, ging ich so schnell ich konnte zur Tür und knallte sie hinter mir zu. Das erste Mal in meinem Leben war ich bereit, meiner Mutter einfach zu signalisieren, dass ich keine Lust hatte, mich mit ihr über diese scheinheilige Familie zu unterhalten. Und es war mir gleichgültig, ob sie meine Haltung als eine offene Konfrontation ansah. Verdammt, dachte ich, sie ist einfach nicht mehr zu retten, diese Frau! Und ich habe hier nichts, aber auch gar nichts verloren!

Voller Wut erreichte ich den Garten des Krankenhauses. Es war erstaunlich, hier mitten zwischen dem Leiden und Versagen menschlicher Körper einen so schönen Ort vorzufinden. Der Duft des Frühlings war nach dem langen, kalten Winter deutlich wahrzunehmen. Die Natur blühte langsam auf und schenkte allen, prachtvolle und farbenfrohe Blumen. Der Hof war dezent, aber mit Geschmack gestaltet: Marmorbänke luden dazu ein, sich ein paar Minuten niederzulassen und die Schönheit der Blumen auf sich wirken zu lassen.

Auch in Momenten der Trauer, des Schmerzes oder der Ratlosigkeit war dieser kleine Garten ein Ort des Rückzugs. Eigentlich mochte ich keine Krankenhäuser, vor allem nach dem Vorfall mit meiner Schwester, als die Ärzte zwei Tage lang erfolglos versucht hatten, ihr Leben zu retten. Ich schaute hinüber zu den bunten Blüten der Stauden und Gewächse, und der Anblick war wie Balsam für meine Seele. Voller Dankbarkeit suchte ich mir einen ruhigen Platz vor einem Beet mit gelben Tulpen. Ich saß einfach nur da und dachte über meine Mutter nach. Zugleich fragte ich mich, was ich hier eigentlich verloren hatte und wie lange ich dieses Spiel noch genau wie sie spielen wollte.

Bei meiner Ankunft vor vier Tagen hatte ich das Gefühl gehabt, hier sein zu müssen – über all diese Jahre war es mir nicht gelungen, dieses familiäre Pflichtgefühl abzulegen. Ich wollte meine Mutter mit alldem nicht allein lassen, auch wenn mir bewusst war, dass sie kein kleines Kind war und ich meine Abwesenheit in den letzten Jahren nicht mehr rückgängig machen konnte. Ich hasste diese verdrehte Rolle, in der ich als Tochter meine Mutter bevormundete. Doch trotz dieser Erkenntnis konnte ich mein Verhalten nicht ändern. In den letzten Jahren hatten sich meine Eltern von der Gesellschaft zurückgezogen und nur noch wenig Kontakte gepflegt. Daher hatte es mich nicht gewundert zu hören, dass nur Tante Bea über den Krankenhausaufenthalt meines Vaters informiert war. Plötzlich fühlte ich eine tiefe Verzweiflung und schrie: „Ich hasse euch!" Genau in diesem Moment hörte ich: „Wow! Was hast du denn heute gefressen?"

Wie gelähmt nahm ich wahr, wie mein Herzschlag sich beschleunigte, als ich Schritte hörte, die sich mir näherten. Jakobs Stimme war unverwechselbar, obwohl unsere letzte Begegnung nun schon zwei Jahre zurücklag. Ich wusste nur einige Sekunden Zeit zu haben, um über die Strategie nachzudenken, wie ich ihm begegnen wollte. Der Gedanke, ihn wiederzusehen, überforderte mich. Als meine Mutter uns vor einer Woche über den kritischen Gesundheitszustand unseres Vaters informiert hatte, wusste ich, dass ich Jakob bald wiedersehen würde. Seitdem mischten sich in mir widerstreitige Gefühle. Was war das? Erwartung, Angst oder Hoffnung?

„Du bist ja kreidebleich, Annabella! Hat Vaters Gesundheitszustand sich verschlechtert? Geht es dir nicht gut? Soll ich einen Arzt rufen oder ist es mein unwiderstehlicher Anblick, der das in dir auslöst?"

Immer noch wagte ich es nicht, meine Augen zu öffnen, die ich beim Klang seiner Stimme geschlossen hatte. Eins war schon mal klar: Seine Ironie und seinen Sarkasmus hatte er über die Jahre nicht verloren! Ich verschluckte mich an meinem eigenen Speichel und begann zu husten, als ich seine Hand auf meinem Rücken spürte. Reiß dich zusammen, Mädchen, dachte ich und öffnete die Augen. Majestätisch wie immer stand Jakob vor mir. Ich konnte meine Überraschung nicht verbergen, als ich seinen Kurzhaarschnitt entdeckte. Sein ganzes Leben lang hatte Jakob schulterlange Haare getragen und war immer rasiert gewesen. Sein nun kurzes, zur Seite gekämmtes Haar hatte zusammen mit einem lässigen Dreitagebart etwas Animalisches und Verführerisches. Sein Dunkelblond bildete einen starken Kontrast zu meinem dunkelroten, lockigen Haar, das ich von meiner Mutter geerbt hatte. Seine grünen Augen durchbohrten und fixierten mich wie ein Jäger seine Beute.

Nach kurzem Zögern kam er noch näher, öffnete die Arme und umarmte mich. Die Umarmung, die sich zu Beginn locker und frei angefühlt hatte, verengte sich innerhalb von ein paar Sekunden, und nun klebte meine Nase an seinem Nacken, wo der betörende Duft seines Parfüms mich zu berauschen drohte. Ich löste mich

116

abrupt aus seiner Umklammerung und schaute ihm endlich in die Augen.

„Wow! Wunderschöne Frau, es ist schön, dich zu sehen, und nicht nur für ein paar Sekunden, wie vor zwei Jahren. Richtig? Wie geht es dir?"

Es war ein seltsames Gefühl, ihm nach so langer Zeit allein gegenüber zu stehen. Seine wie immer lockere Haltung verblüffte mich. Oft hörte ich von Verwandten und Freunden, dass ich von Jakob mehr Diplomatie hätte lernen sollen. Aus ihrer Perspektive war ich der Kritiker der Familie, dem man nur begegnete, wenn es sein musste. Doch es war ja nicht zu spät, die Taktik zu ändern, und so sagte ich zu ihm mit meinem schönsten Lächeln: „Mein Liebster, so früh schon da? Schön, dich endlich wiederzusehen! Mensch, habe ich dich vermisst, Jakob!"

„Ah, wir wollen nicht gleich übertreiben. Ich falle auf diesen sarkastischen Ton nicht herein! Dafür kenne ich dich zu gut, Annabella!"

„Wie immer eine tolle Begrüßung, Jakob. Kaum kommst du hier an, bist du schon der Meinung, wieder über alles Bescheid zu wissen. Du solltest vielleicht lieber hoch zu Mutter gehen. Sie wartet bestimmt schon sehnsüchtig auf dich. Vaters Gesundheitszustand hat sich kaum verändert. Ich lasse euch erstmal eure Dreisamkeit genießen."

„Höre ich da ein wenig Eifersucht? Schon wieder, oder besser gesagt, immer noch? Was hast du, Annabella? Steckt etwa wieder ein Mann hinter deiner schlechten Laune? Oder gar mehrere? Ah, stimmt: Du weißt ja nicht, was du willst und wer du eigentlich bist! Beruhige dich erstmal, Kleines und lass uns wie Erwachsene miteinander umgehen. Wir sind hier schließlich in einem Krankenhaus, und du solltest dich entsprechend benehmen. Ich verstehe gar nicht, warum du so aggressiv zu mir bist. Gibt es in diesem Leben keine Chance mehr für einen normalen Umgang miteinander?"

Ich bückte mich und nahm meine Tasche. Als ich mich umdrehte, um den Garten zu verlassen, packte er mich an der Hand und hielt mich fest.

„Denkst du nicht, wir sollten endlich miteinander reden? Wie lange willst du noch vor mir und deinen Gefühlen weglaufen? Hast du dich nicht schon genug abgelenkt? Und alles umsonst, das sehe ich doch!"

„Lass mich los, mein lieber Freund Jakob!"
Mit einem Ruck befreite ich mich. In der Hoffnung, dass er meine Verunsicherung nicht bemerkte, und ohne ihm einen weiteren Blick zu schenken, verließ ich den Garten. Da ich Jakob nun auf dem Weg zu meinen Eltern vermutete, entschied ich mich, zurück zur Pension zu gehen. Außerdem hatte ich an diesem Tag keine Nerven für eine weitere Konfrontation mit ihm. Der Gesundheitszustand meines Vaters und die Begegnung mit verdrängten Emotionen der Vergangenheit war beunruhigend genug für mich.

Ich schrieb meiner Mutter eine Nachricht, dass ich noch etwas zu erledigen hatte, verließ erleichtert das Klinikgelände und ging in die Altstadt. Stundenlang strich ich durch die kleinen Gassen in der Hoffnung, mich dabei ein wenig abzulenken. Der Stadtteil, den ich kaum kannte, hatte ein mediterranes Flair und erinnerte mich an meinen letzten Urlaub in der Toskana. Nach einer Frühstückspause im Café *Komm an* ging ich zu meiner Bleibe, eine kleine Pension, die ich wegen ihrer kurzen Entfernung zum Krankenhaus ausgewählt hatte.

Die Besitzer, ein nettes Ehepaar, empfingen mich wie immer mit unnachahmlicher Freundlichkeit: „Frau Gaston. Heute schon so früh zurück? Hier, bitte, Ihr Zimmerschlüssel!"

Manchmal, so fühlte ich, war es leichter, mit Unbekannten über seine Gefühle zu reden. Vermutlich lag dies daran, dass es durch den emotionalen Abstand kaum Erwartungen gab.

„Hallo, Frau und Herr Gentil. Ich danke Ihnen. Ja, ich hatte gerade leider eine kleine Auseinandersetzung mit meinem Bruder, besser gesagt Adoptivbruder, der heute eingetroffen ist. Mein Verhältnis zu ihm war nie ganz einfach, aber heute hatte ich weder Lust noch Kraft, mich mit ihm zu streiten. Und daher entschied ich mich, meinen Tag eben anders zu verbringen. Ich denke, die Familie kommt auch ohne mich gut zurecht. Übrigens, meinen Dank für das gestrige leckere Dinkelkuchenstück! Sehr freundlich von Ihnen! Einfach hervorragend, diese Mischung aus Möhren und Äpfeln. So etwas Saftiges und Köstliches habe ich selten essen dürfen!"

Ich nahm meinen Zimmerschlüssel, aber bevor ich den Empfang verließ, fragte ich noch: „Wäre es möglich, heute Mittag eine pikante Gemüsesuppe zu bekommen? Ich würde gern so gegen eins in den Speisesaal kommen."

Nachdem Frau Gentil nickte, ging ich die Treppe hinauf. Mein Zimmer lag in der zweiten Etage. Ich liebte die Sauberkeit, Einfachheit und Stille der Pension. Auch das Zimmer war angenehm eingerichtet; es war etwa zwanzig Quadratmeter groß. Bis auf ein großes Bild waren die beige gestrichenen Wände nackt. Gewebte Vorhänge mit Magnolienmotiven schmückten den Raum und gaben ihm eine leichte Frühlingsnote. Als ich das Zimmer zum ersten Mal betrat, war ich von diesem Bild im wahrsten Sinne des Wortes erschlagen: Majestätisch und strahlend weiß trat ein Einhorn aus einer alten Festung und ließ durch seine Präsenz alles um sich herum strahlen. Mächtige Kristallsäulen auf dem Weg hinter ihm bildeten eine Allee und riefen den Eindruck eines geschützten Raums hervor. An der linken Seite erhob sich eine Quelle mit Lotusblüten und Smaragdkugeln am Rand. Drei Priesterinnen waren offenbar dabei, ein Ritual zu feiern und vollendeten auf perfekte Weise die linke Achse. Rechts von dem Einhorn sah ich vier Engel, die in der Luft einen Kreis bildeten. Es sah so aus, als wiese das Licht des Einhorns einen Weg aus der Dunkelheit.

Das ganze Bild, so schien es mir, war ein Versprechen, eine Ermutigung für eine bessere Welt. Warum ich auf eine solche Assoziation kam, konnte ich nicht erklären, doch die Kraft, die ich beim Betrachten des Gemäldes spürte, war sehr mächtig. Unten am Rand stand der Spruch: *Jetzt ist die Zeit. Glaube an Wunder und lasse Heilung zu.* Eigentlich war ich weder besonders religiös noch spirituell, daher war ich überrascht, wie dieses Gemälde mich faszinierte und berührte.

Als ich mich hinlegte, um mich etwas auszuruhen, kamen die Bilder der Begegnung mit Jakob hoch. Ich öffnete meinen Geldbeutel und betrachtete das Bild meiner verstorbenen Schwester Sofia. Wie oft hatte ich mich gefragt, warum alles so gekommen war! Die Last unserer Familiengeheimnisse war manchmal nur schwer zu ertragen, und das Kreuz, das ich unsichtbar mit mir herumschleppte, hatte immer wieder mein Leben zu zerstören gedroht.

Das Klingeln meines Handys unterbrach den Fluss meiner Gedanken. Ich hatte keine Lust zu reden, doch als ich den Namen meines besten Freundes auf dem Display las, ging ich ohne Zögern ran.

„Bella, wie geht es dir? Wie läuft es mit der Familie?"

„Oh, Carlos, ich kann nicht mehr! Ich hoffe, du hast genug Geld, um meine Kaution zu bezahlen, wenn die Polizei mich wegen versuchten Mordes verhaftet! Es fehlt wirklich nicht mehr viel. Alles regt mich einfach nur auf, und meine Mutter macht mich wahnsinnig! Nein, ich korrigiere. Ich lasse mich wahnsinnig machen. Ich weiß, ich bin unmöglich und sollte in dieser Situation mehr Mitgefühl zeigen, aber ich kann es nicht. Ich kann es einfach nicht, Carlos. Und als wäre es nicht schon schlimm genug, traf ich vorhin auch noch Jakob. Im Garten der Klinik begegnete ich ihm nach Jahren wieder! Ein Schock, auch wenn ich wusste, ihn früher oder später treffen zu müssen. Wie heißt es so schön: Familie! Du alter Philosoph, was denkst du, was ich tun sollte? Welche Strategie kannst du mir empfehlen? Ich brauche dringend deine Hilfe."

„Beruhige dich doch erstmal. Und vergiss nicht, dass du mit deinen Gedanken deine Realität erschaffst, Bella!"

„Carlos, ich habe jetzt keine Nerven für deine Spinnerei. Mir geht es wirklich nicht gut!"

„Wer spricht denn da gerade, Bella! Dein Ego? Dein verletztes inneres Kind? Kannst du diese Frage für dich beantworten? Wo bist du gerade? Bist du allein?"

„Ja, ich bin gerade in meinem Zimmer, in der Pension. Soll ich mich auf dem Boden setzen und die Augen schließen?"

Oft, wenn Carlos ernste Gespräche mit mir führen wollte, bat er mich, mich auf den Boden zu setzen und meine Fußsohlen so auszurichten, dass ich eine gute Erdung spürte. So gab er mir die Möglichkeit, meine Unruhe, die nicht nur ihn wahnsinnig machte, etwas einzudämmen. Er sagte immer, dass wir Menschen wie Bäume seien und dass es uns stabilisiere, unsere Wurzeln zu spüren. Ich setzte mich also auf den Boden und machte es mir bequem.

„Gut, Bella. Erlaube mir, dir meine Sichtweise zu erläutern. Höre bitte erst zu und versuche meine Worte weder zu verstehen noch sie zu filtern. Du schaffst deine Realität durch deine Gedanken. Du fühlst Wut und Hass deiner Mutter gegenüber, zugleich hast du aber das Bedürfnis, ihr zu helfen und für sie da zu sein, sonst wärest du trotz Abneigung nicht hingefahren. Abgefahren, nicht? Aufgrund deiner Erziehung und Familiengeschichte traust du dich nicht, mit ihr über dieses Paradoxon zu reden, denn du schämst dich, so zu fühlen. Glaub mir bitte, wenn ich sage, dass jede Familie ihre Themen und ihre Leichen im Keller hat! Jede!
Du zwingst dich, anders zu fühlen und anders zu handeln, obwohl alles in dir im Widerstand ist. Glaubst du, deine Mutter fühlt das nicht, nur, weil du nicht mit ihr darüber redest? Ihr Verhalten zeigt dir deine versteckte Ablehnung ihr gegenüber. So bestätigen dir die Situationen im Außen die Gedanken, die du im Inneren pflegst. Verstehst du? Du fühlst Enttäuschung deinem Vater gegenüber und erlebst alles aus dieser verzerrten Wahrnehmung heraus. Dabei spielt Zeit keine Rolle, denn deine Emotionen sind, solange sie da sind, immer präsent und im Jetzt zu fühlen. Es spielt keine Rolle, ob etwas gestern, heute oder vor zwanzig Jahren geschah. Auch, wenn du wie in den letzten Jahren vor ihm weggelaufen bist, sind diese

Bewertungen dennoch in deinem Energiefeld gespeichert. Dadurch ziehst du in deinem Leben Menschen und Situationen an, die dich an sein Verhalten und deine Widerstände und inneren Kämpfe erinnern. Weglaufen ist keine Lösung. Abstand gewinnen kann eine kurzfristige Strategie sein, um wieder zu Kräften zu kommen; dennoch wird dein Problem dadurch nicht gelöst, meine Liebe. Warum? Warum passiert ausgerechnet mir dies alles? Diese Fragen stellst du dir seit ich dich kenne. Es geschieht einfach, damit du dir diese Themen anschauen kannst und sie für immer heilst, das heißt vollständig annimmst und somit keine Angst mehr davor hast. Nur du kannst dies für dein Leben schaffen. Nur DU, liebste Bella. Deine Wahrnehmung färbt alles, denn jede deiner Handlungen ist das Ergebnis eines bestimmten Gedankengangs. Alles ist Energie, meine Liebe, und in stetiger Bewegung. Darin besteht die Hoffnung."

Er machte eine kurze Pause und fuhr fort: „Du verurteilst deine Familie, aber du selbst bist kaum besser. Verstehe mich bitte nicht falsch. Damit meine ich, dass du dir selbst etwas vormachst und nicht in der Lage bist, deine Wahrheit auszusprechen. Du verurteilst deinen Vater wegen seines Lebens und gibst ihm die Schuld am Tod deiner Schwester und an den Schmerzen und der Scham deiner Mutter. Dennoch ist diese Schuld auch in dir zu finden, sollte sie tatsächlich existieren! Du gibst dir selber die Schuld, weil du, während deine Schwester dabei war, sich das Leben zu nehmen, berauschende Stunden -vermutlich die ekstatischsten deines Lebens- verbracht hast. Skandal! Um mit wem durftest du erneut das herrliche Gefühl der Sexualität erleben? Mit Jakob. Doppelter Skandal! Verstehst du, was ich damit sagen möchte, meine Bella? Obwohl du um deine Gefühle zu ihm weißt, läufst du seit Jahren vor ihm weg mit der Ausrede, dass er dein Bruder ist und so etwas nicht erlaubt ist! Doch Liebe ist Liebe und schaut nicht nach Regeln. Gut, ihr seid zufällig (oder auch nicht) zusammen aufgewachsen, und er ist wie ein Bruder für dich. Dennoch ist er der einzige Mann, der es geschafft hat, dich in der Seele zu berühren. Glaubst du nicht, dass es einen Grund dafür gibt? Wie lange willst du dir selbst noch etwas vormachen und mit Männern zusammen sein, die nur deine Vorstellung von Sicherheit erfüllen? Bis es zu spät ist? Du ignorierst alle Zeichen, die das Leben dir schickt, Bella!

In dem Moment, wo Lust und Sehnsucht aufeinandertrafen, erlosch das Licht deiner Schwester in Verzweiflung und Schmerz. Das lag nicht in deiner Hand und war keine Strafe des Himmels für Jakob und dich. Kannst du das verstehen, Bella? Eine verrückte Welt, mit einem ständigen Wechsel zwischen Freude und Schmerz, Sehnsucht und Gleichgültigkeit, Schuld-zuweisung und Verleugnung. Wie lange willst du dich noch bestrafen? Du bist nicht hier, um das Leben deiner Familie zu beurteilen, sondern um dein eigenes Leben zu leben und zu entscheiden, was du tun willst! An sich selbst zu denken, ist kein falscher Egoismus. Es ist der Beginn der Bereitschaft, die Verantwortung für sich selbst, für das eigene Leben zu übernehmen. Das bedeutet, Mensch zu sein und aus der Weisheit und Reife heraus wahrhaftig zu handeln. Nur so sind wir ein gutes Vorbild für die nachkommenden Generationen. Bestimmt denkst du gerade, wie ein Schwuler über Nachkommen reden kann?"

Nach einem kurzen Lachen sprach er weiter: „Die Fähigkeit, ehrlich, konsequent, liebevoll und leicht zu sein, ist eine Kunst. Bella, hör auf, das Leben anderer zu leben! Hör damit auf und lebe dein Leben! Habe Mut, deine eigene Lebensgeschichte zu schreiben, auch, wenn sie einige unvollkommene Passagen enthält. Es sind nur illusorische Verzerrungen der Projektion deines geglaubten Selbst: dein Ego."

Erneut machte Carlos eine kleine Pause.

„Du weißt, ich habe dich lieb und bin ehrlich zu dir. Das ist die Aufgabe eines Freundes. Dennoch gebe ich dir die Freiheit, meine Worte zu akzeptieren oder nicht. Doch ich werde sie nicht zurückhalten, um dich zu verschonen. Dafür sind wahre Freunde nicht da. Mache Frieden mit deiner Familie Bella, sonst kommst du nicht zur Ruhe! Und lass die überholten Vorstellungen los. Und jetzt erzähle ich dir eine kurze Geschichte, meine kleine Bella.

Vor langer Zeit lebte einmal ein kleines Mädchen namens Annabella. Sie war offen, frei und liebevoll. Und sie hatte keine Bedenken, sich zu zeigen, wie sie in Wirklichkeit war. Ihr ganzes Wesen hungerte nach Leben und Erfahrungen. Doch früh begann die Gesellschaft, sie so zu beeinflussen, dass sie den Zugang zu ihrem wahren Kern verlor. Alle erwarteten von ihr, dass sie sich genauso verhielt wie alle anderen, wie sie sich selbst verhielten! Waren diese Menschen böse? Nein. Sie hatten nur vergessen, dass sie einst genauso wie die kleine Annabella waren. Annabella sagte: „Warum so ängstlich? Uns kann doch gar nichts passieren! Wir können alles tun, was wir wollen, und außerdem haben wir Flügel, wie die wunderschönen Wesen, die mich immer im Schlaf besuchen. Genauso wie sie können wir leuchten, fliegen und überall dort sein, wo wir sein wollen!" „Du naives kleines Mädchen", sagten sie zu ihr, „das sind nur Wesen aus deiner Phantasie! Du musst einfach nur das tun, was wir dir sagen."

Jedes Mal, wenn Annabella zuhörte und gehorsam war, bekam sie ein wunderschönes Geschenk und erfuhr sogenannte Zuneigung. Sie war dadurch eine von ihnen und wurde akzeptiert. Annabella erkannte, dass Anpassung zur gesellschaftlichen Anerkennung führte und setzte dies mit Liebe gleich. Um weiterhin geliebt zu werden, entschied sie sich, so zu werden, wie man es von ihr erwartete, indem sie sich anpasste und ihre Gefühle fortan verleugnete. Sie wollte nicht allein sein. Mit der Zeit vergaß sie sogar, was wahre Liebe ist. Die Liebe ist einfach und wird nicht erkämpft. Das hatte die kleine Annabella vergessen. Auch hatte sie vergessen, dass sie wunderschön ist.

Bella, mach bitte Frieden mit deiner Familie und lass die Vergangenheit los! Du kannst das, was geschehen ist, nicht mehr ändern. Doch du kannst entscheiden, für dich jetzt Frieden zu finden! Du hast ein Recht auf Glück und du bist für mich die beste Freundin die ich mir je vorstellen konnte."

Ich seufzte.

„Ich bin froh, dass du zuhörst und mich ausreden lässt. Etwas scheint sich gewaltig in dir zu bewegen. Habe Vertrauen und erkenne die Zeichen der Zeit, Bella. Jetzt ist die Zeit der Heilung gekommen. Lass deine Schuldgefühle los. Du bist kein schlechter Mensch."

„Selbstverliebter Schwätzer, ich habe dich lieb! Danke, Carlos. Ja, so geht es wirklich nicht weiter. Mein Leben ist eine einzige Katastrophe, und ich habe bis jetzt noch nicht einmal die Kraft gehabt, es zu erkennen. Es ist schon komisch, dass ein so kaputter Mensch wie ich einen so weisen besten Freund hat. Komisches Gleichgewicht dieser Welt! Ich brauche etwas Zeit, um deine Worte zu verdauen. Ich melde mich, wenn ich soweit bin. Danke, dass es dich gibt. Du bist eines der schönsten Geschenke in meinem Leben."

„Vergleiche dich nicht mit mir, Bella. Jeder Mensch hat seine Themen und Herausforderungen. Ich bin kein Heiliger und du keine Sünderin. Du kennst mein Leben und weißt, wie schmerzhaft mein eigener Weg war. Lass die Opferrolle los, dann wird es keine Notwendigkeit geben für einen Täter und auch nicht für einen Retter. Erinnere dich an deinen wahren Kern und sieh diese Welt als Sammelfeld von Erfahrungen, die du mit Liebe und Dankbarkeit durchdrängst. Auch in Momenten größter Herausforderungen, die nun einmal zum Leben gehören: Gib nicht auf! Habe Vertrauen und sei sicher, dass es der richtige Weg ist, ehrlich zu sich selber zu sein und zu seinen Worten zu stehen."

Mit diesen Worten legte Carlos auf. Ich konnte dem Drang nicht widerstehen, meine Augen zu öffnen. An das Gestell des Bettes gelehnt, starrte ich auf das Bild und schlief schließlich ein.

Laute Gespräche im Flur weckten mich nach einiger Zeit. Der Rückblick in die Vergangenheit und die Worte meines besten Freundes hatten mich erschöpft. Während ich meine Augen öffnete, kam die Erinnerung an einen Traum hoch: Ich sitze auf einer Wiese voller Hyazinthen und sehe meinen Vater von Weitem kommen. Er geht ein paar Schritte auf mich zu und bleibt nach einem kurzen Zögern stehen. Aus der Nähe schenkt er mir ein Lächeln. Seine Gesichtszüge sind sanft, fast wie glattgezogen. So entspannt und leicht habe ich ihn zuletzt als Kind erlebt. Ohne ein Wort dreht er sich um und geht weg.

Mehr Einzelheiten zu dem Traum waren in diesem Augenblick nicht greifbar. Ich seufzte und warf einen Blick auf die Uhr: Ich hatte fast zwei Stunden geschlafen und spürte einen leichten Hunger. In den letzten Monaten hatte ich kaum Appetit gehabt. Ich hatte mich unwohl gefühlt, und die Nachricht von der Krankheit meines Vaters hatte mich zutiefst beunruhigt – auch, wenn ich es nicht zugeben wollte. Der Gedanke, Verwandte zu treffen und meine eigene Erwartung, meiner Mutter zur Seite stehen zu müssen, kostete mich außerdem viel Kraft.

Außerdem hatte mein Freund sich von mir getrennt. Er hatte seinen Rückzug damit begründet, dass ich ihm die gewünschte Zuneigung nicht geben konnte. Meine Zurückhaltung ihm gegenüber und mein Fremdgehen waren in seinen Augen die Krönung meiner emotionalen Unreife. Für ihn verletzend und respektlos war zudem meine Unfähigkeit, ihm die Wahrheit zu sagen. Obwohl er an unserer Beziehung festhielt, packte er nach dem Vorfall seine Sachen und verließ die gemeinsame Wohnung. Auf seine Frage, ob ich ihn je geliebt habe und überhaupt in der Lage sei, von ganzem Herzen zu lieben, fand ich keine Antwort. Seine Worte, er wolle nicht so werden wie ich, sondern sein Leben in Zufriedenheit und ohne Reue leben, trafen mich tief im Herzen. Er wollte mit einer Frau zusammen sein, die keine Angst hatte, über ihre Gefühle zu reden und ihr Herz zu öffnen. Warum kamen alle diese Probleme jetzt zusammen? Fast alles in meinem Leben lief gerade schief, und nach einem Streitgespräch mit einem

Kollegen hatte ich entschieden, etwas zu ändern. Ich ließ mich von meinem Chef, der beste Freund meines Onkels, drei Monate beurlauben, um mein Leben in Ruhe zu sortieren.

Ich verließ das Zimmer und ging die Treppe hinunter. Überraschenderweise war der Speisesaal an diesem Freitagmittag voll. Deshalb war ich über einen reservierten Tisch in einer ruhigen Ecke, zu dem Herr Gentil mich führte, dankbar. Da ich nicht aufhören konnte, an den Traum zu denken, nahm ich mein Handy, um meine Mutter anzurufen. Genau in diesem Moment klingelte es. Mit zitternder Stimme nahm ich den Anruf entgegen.

„Mutter! Ist alles okay bei euch?"

„Hallo, Annabella. Konntest du alles erledigen, was du wolltest? Ich gehe gleich mit Jakob essen und wollte nur fragen, ob du Lust hast, mitzukommen."

Ich seufzte erleichtert. Nach einer kurzen Pause und ohne ihre Frage zu beantworten, fragte ich nach Vaters Gesundheitszustand.

„Ach, sein Zustand hat sich nur wenig verändert, aber ein bisschen verbessert. Er wachte sogar auf, als dein Bruder kam und konnte ein paar Worte mit ihm wechseln. Er ist bei den Krankenschwestern gut aufgehoben, und da wollte ich mit Jakob ein paar Stunden außerhalb der Klinik verbringen. Einfach ein bisschen frische Luft schnappen, etwas Leckeres essen und die neuesten Details seines Lebens erfahren. Wenn ich die Reaktion deines Vaters richtig verstanden habe, hat er nichts dagegen, ein paar Stunden allein zu sein."

Ich schwieg.

Nach einem leisen Seufzen legte sie auf.

Meine Eltern liebten Jakob wie einen eigenen Sohn, und meine Mutter hatte sich immer einen Sohn gewünscht. Nach ihrer Heirat hatten sie ohne Erfolg versucht, Kinder zu bekommen. Für sie war Jakob ein Geschenk des Himmels. Mit ihrer Schwangerschaft und meiner Geburt drei Jahre nach Jakobs Adoption hatte keiner mehr gerechnet.

„Hallo, Frau Gaston. Die pikante Gemüsesuppe? Ansonsten kann ich Ihnen eine sehr leckere Bio-Gulaschsuppe empfehlen. Bei ihrem Federgewicht könnten Sie eine große Portion vertragen, um zu Kräften zu kommen! Sie sehen müde aus."

Herr Gentil fand eine diplomatische Art, mich daran zu erinnern, dass ich dringend Gewicht zulegen sollte. Mit diesen Worten hätte er sicher hundert Punkte bei Carlos gemacht. Als er meine interessierten Augen sah, sprach er sofort weiter: „Die marinierten Rinderstücke köcheln in einem speziellen Kessel mindestens zwei Stunden lang. Unter regelmäßigem Umrühren geben wir unsere traditionelle hausgemachte Brühe dazu, und danach wird das Ganze mit guten Zutaten wie feinstem Essig, Rotwein und erlesenen Kräutern aus unserem Garten verfeinert!"

Ohne ihn weiterreden zu lassen, rief ich: „Nehm ich sofort, Herr Gentil! Erzählen Sie bitte nicht weiter. Mir läuft auch so schon das Wasser im Mund zusammen. Ich sterbe vor Hunger und bin sehr gespannt auf den Geschmack dieser Kaiserin der Suppen!"

Mit einem breiten Grinsen entfernte sich Herr Gentil und ließ mich mit meinen Gedanken wieder allein. Der Zustand meines Vaters hatte sich seit meiner Ankunft kaum verändert. Auch, wenn ihm die Ärzte nach den Worten meiner Mutter nicht mehr viel Zeit gaben, konnte sich alles in die Länge ziehen. Meine Mutter war nicht mehr die Jüngste und zeigte bereits Anzeichen von Erschöpfung. Die Ärzte hatten sogar versucht, sie nach Hause zu schicken und ihr erklärt, sie könne nicht mehr für ihn tun. Dennoch wollte sie keine Minute von seiner Seite weichen.

Zwei Tage zuvor war ich unangekündigt in eine seltsame Situation hineingeplatzt: Mein Vater war gerade mehr oder weniger bei Bewusstsein, und ich hatte den Eindruck gehabt, dass meine Mutter mit ihm über seine letzten Wünsche sprach. Aus Diskretion hatte ich das Zimmer schnell wieder unter einem Vorwand verlassen. Ich erinnerte mich, dass er an diesem Tag lange wach blieb und sich trotz Schmerzen weigerte, seine Medikamente zu nehmen. Vermutlich wollte er versuchen, bei geistiger Klarheit zu bleiben, um gewisse Dinge zu besprechen. So verletzlich und zugleich ernst hatte ich meine Eltern noch nie in meinem Leben gesehen. Das hatte mich verunsichert.

Seit meiner Anwesenheit im Krankenhaus war es der einzige Tag gewesen, an dem ich meinen Vater berühren konnte, indem ich ihm einen Kuss gab. Er hielt meine Hand und küsste sie. Das hatte er öfter gemacht, als Sofia und ich noch Kinder waren. Damals verbrachten wir viel Zeit mit unserem Vater, während Jakob sich in seinem Alter die Zeit lieber mit seinen Freunden vertrieb.

An diesem Tag saß ich lange bei ihm und konnte sogar seine Haare streicheln. Bevor er wieder in seine Lethargie zurückfiel, hörte ich ihn meinen Namen rufen: „Bel!"

Mein Vater war der einzige, der mich so nannte, und es war vor sehr langer Zeit gewesen, als er es das letzte Mal getan hatte. Als ich meinen Namen erneut aus seinem Mund hörte, konnte ich meine Tränen nicht mehr zurückhalten. Er hatte ihn so leise gerufen, so kaum hörbar, dass ich mich sogar fragte, ob ich es mir nicht eingebildet hatte. Ich war froh, dass meine Mutter das Zimmer verlassen hatte, um etwas mit den Ärzten zu besprechen. Ich ließ meine Tränen fließen und spürte in diesem Augenblick ein seltsames Gefühl in mir. Es fühlte sich warm und sanft an. Vielleicht konnte ich wieder seine kleine Bel werden und er wieder mein einziger, liebster und cooler Daddy? War ich in der Lage, alles hinter mir zu lassen? Und er?

Doch in den darauffolgenden Tagen war die Nähe wieder verschwunden. Nur kurze Zeit hatte sich die Tür meines Herzens geöffnet und mich etwas für ihn empfinden lassen, dann stiegen die alten Ablehnungen und Verletzungen wieder hoch. Es ging einfach nicht anders.

Der Duft nach Suppe unterbrach meine Gedanken. Frau Gentil kam mit einem Topf und einem Stück Baguette auf mich zu. Mehr als dankbar für diese Ablenkung lächelte ich sie an. Auch wenn ich in letzter Zeit den Impuls in mir gespürt hatte, mich vegetarisch zu ernähren, fand ich die Gulaschsuppe köstlich und die warme Speise tat mir gut. Sie prickelte pikant auf der Zunge und schmeckte unbeschreiblich gut. Frau Gentil hatte sich selbst übertroffen; es war kein Wunder, dass das Restaurant so voll war.

Als ich gerade dabei war, die letzten Reste auszulöffeln, wurde ich auf eine Frau aufmerksam, die das Restaurant betrat. Herr Gentil ging auf sie zu und erklärte ihr offenbar, dass es leider keine freien Plätze mehr gab und die Küche bald schließen würde. Aus unerklärlichen Gründen hob ich meine Hand und rief ihn zu mir. Dann erklärte ich ihm, dass ich mit meinem Mittagessen fertig sei. Sollte die Küche noch offen sein, könnte ich der Dame einen Platz an meinem Tisch anbieten, natürlich nur, wenn er und sie mit diesem Vorschlag einverstanden wären. Er bedankte sich herzlich bei mir, und nach kurzer Zeit kam er mit der Frau in meine Richtung. Sie setzte sich mir gegenüber.

„Ich grüße Sie, junge Dame. Mein Name ist Bischof, Tanja Bischof. Vielen Dank für Ihre Großzügigkeit. Es wäre tatsächlich ärgerlich gewesen, die letzte Portion dieser legendären Suppe zu verpassen, wo ich doch nur so selten in dieser Stadt bin."

Verblüfft und mit großen Augen schaute ich sie an und konnte ein Lachen nicht unterdrücken. Auch wenn die Suppe tatsächlich hervorragend schmeckte, wäre es mir nicht in dem Sinn gekommen, dass die Gentil-Geschichte stimmte. Doch anscheinend war die Gulaschsuppe tatsächlich legendär und ein Pflichtprogramm für Eingeweihte.

„Annabella Gaston mein Name. Gern geschehen. Ich bin gerade fertig mit dem Essen, daher haben Sie gleich den Tisch für sich allein und können in Ruhe die legendäre Suppe genießen."

Bevor ich den Tisch verließ, kam ich ein wenig ins Gespräch mit der Dame. Sie war etwa Anfang sechzig und sehr elegant, aber dennoch dezent angezogen. Ihr blau-beiges Kostüm war perfekt für ihre Figur geschnitten, und ihr Hut, den sie am Tisch ablegte, hatte die gleiche beigebraune Farbe wie ihre Schuhe und ihre Handtasche. Ohne Zweifel hatte die Dame ein

Händchen für Mode und Eleganz. Als Grafikerin hatte ich ein Auge für Details und harmonierende Farbkombinationen. Ich liebte es, Menschen zu betrachten, die Geschmack hatten.

Wir kamen ins Gespräch, und sie begann von sich zu erzählen. Im Moment war sie für einige Tage in der Stadt, um wie jedes Jahr ein Seminar abzuhalten, bei dem sie, wie sie sich ausdrückte, Menschen auf ihrem Weg der Selbsterkenntnis begleitete. Als ich gestand, keine Ahnung von derartigen Dingen zu haben, erklärte sie: „Der Schwerpunkt meiner Arbeit liegt auf systemischen Familienaufstellungen. Bestimmt haben Sie den Begriff schon einmal gehört? Ich gebe diese Seminare jetzt seit über zwanzig Jahren."

„Nein, ich habe keine Ahnung, was das ist. Können Sie es mir kurz erklären?"

„Nun, ich würde sagen, es ist in erster Linie ein schneller und effizienter Weg, um Verstrickungen und Probleme in einem Familiensystem zu erkennen und zu lösen. Für diese Arbeit steht dem sogenannten Aufsteller eine Bühne zur Verfügung. Aber natürlich ist es kein öffentliches Theater - im Gegenteil, alles geschieht in einem geschützten Raum. Der Aufsteller erklärt zu Beginn seine Thematik, sein Problem, und sucht sich aus der Gruppe der Anwesenden, meist fremden Menschen, Stellvertreter für seine Herkunfts- oder Gegenwartsfamilie. Oder für die Eigenschaften, die er, wie man sagt, „aufstellen" will.
Innerhalb der Dynamik, die daraus entsteht, werden die Zusammenhänge der Probleme sichtbar und die Ursachen erkannt. Mittels Wertschätzung, Offenheit und Respekt, die dem Aufsteller entgegengebracht werden, werden Lösungsansätze greifbar und

umsetzbar.

Sie müssen wissen, dass etwas erst in Heilung gehen kann, wenn sichtbar wird, worin eine Störung liegt und was genau es ist. Dazu müssen die Betroffenen noch nicht einmal persönlich anwesend sein, sondern können durch Fremde sozusagen vertreten werden. Das ist natürlich eine große Erleichterung bei extrem belastenden Verstrickungen - etwa, wenn es um Dinge wie Missbrauch oder Misshandlung geht. Da ich außerdem Traum- und Hypnotherapeutin bin, weiß ich, wann ein Thema lieber sanft beendet werden sollte. Nicht alle Themen können und sollten während eines Tagesseminars bis in den tiefsten Abgrund erforscht werden. Ein anderer, wichtiger Teil meiner Arbeit ist die Rückverbindung mit unseren Ahnen. Es ist im Grunde banal, aber wir vergessen es immer wieder: Wir würden nicht hier sitzen, wenn es unsere Vorfahren nicht gegeben hätte! Schon dafür verdienen sie unseren Dank, unseren Respekt. Ob sie alles richtig gemacht haben, steht auf einem anderen Blatt. Aber es wäre fatal, ihnen die ganze Schuld für unser Versagen oder unsere Probleme zu geben."

Aufmerksam und gespannt hörte ich ihr zu - nicht zuletzt, weil sie eine charismatische Art hatte, sich auszudrücken. Obwohl ihre Worte durchdrungen waren von extremer Begeisterung, hatte sie eine ruhige Art, ihre Sichtweise zu erläutern. Ich war erleichtert zu merken, dass sie nicht versuchte, mich zu überzeugen oder zu bekehren. Trotz der Tatsache, dass ich zum ersten Mal von dieser Art der Therapie hörte, schien mir diese Dame vertrauenswürdig zu sein.

Sie fuhr fort: „Ich möchte Sie nicht langweilen und auch nicht überzeugen, sich mit diesem Thema zu befassen, aber noch ein Wort, denn es scheint mir gerade wichtig, es zu erwähnen. Wir wählen für uns die optimalen Bedingungen, um Erfahrungen in diesem Leben zu sammeln. Wenn ich „wir" sage, meine ich die Seele, die sich entscheidet zurückzukommen, um ihren Zyklus der Selbsterfahrung abzuschließen oder einen Ausgleich ihrer Taten zu gewährleisten. Ich wiederhole: Unser höheres Selbst sucht die für den Menschen perfekte Umgebung, um Erfahrungen zu machen und daraus zu wachsen. Die tiefe Weisheit unserer Ahnen, die im energetischen Feld immer präsent sind, steht uns nur zur Verfügung, wenn wir sie annehmen. Verstehen Sie mich nicht falsch: Ich sage nicht, dass alles Verhalten zu tolerieren ist. Ich sage nur, wenn wir die Möglichkeit bekommen, uns, unser Leben und unsere Erfahrungen aus einer höheren Perspektive zu betrachten, kommen wir aus Schuldthemen heraus und können die Verantwortung für unser Leben übernehmen. Kein einfacher, aber in meinen Augen ein richtiger und wichtiger Weg."

Etwas beunruhigt durch die fremden Worte schaute ich auf meine Uhr. Es war kurz vor fünfzehn Uhr, und ich fühlte den Drang, zurück ins Krankenhaus zu gehen. Ich bedankte mich bei der Dame, doch als ich aufstand, um den Tisch zu verlassen, schaute sie mir tief in die Augen und fragte: „Was machen Sie morgen? Hätten Sie nicht Lust, dazu zu kommen? In den nächsten drei Tagen gebe ich Seminare zum Thema „Die Weisheit unserer Ahnen würdigen". Als kleines Dankeschön für Ihre freundliche Art lade ich Sie spontan dazu ein. Sie schienen vorhin bei meinen Erläuterungen interessiert zu sein. Sie können einfach dazu kommen. Diese Zeit ist stets heilsam. Der Saal, in dem meine Seminare stattfinden, liegt nur etwa zehn Minuten von der Pension entfernt. Es geht um zehn Uhr los und endet in der Regel gegen vier Uhr. Vertraute Teilnehmer buchen auch mehrere Tage."

Ein wenig überrumpelt von dem Angebot blieb ich sprachlos stehen. Ein gewisses Interesse konnte ich nicht verleugnen, dennoch war ich mir unsicher. Aber was wäre, wenn ich dort endlich ein paar Lösungsansätze für meine Probleme finden könnte? War dieses Treffen ein Zufall oder versuchte mein angebliches höheres Selbst mir gerade optimale Bedingungen für mein Wachstum auf einem Silbertablett zu servieren?

„Danke, Frau Bischof. Danke für dieses großzügige Angebot. Ich bin jetzt wirklich ein bisschen neugierig geworden, und hätte ich mehr Zeit, wäre ich vermutlich wirklich gekommen, um mir das Ganze einmal anzuschauen. Leider bin ich nur für ein paar Tage hier und muss täglich ins Krankenhaus, wo mein Vater im Sterben liegt. Vielleicht ein anderes Mal, wer weiß? Ich danke Ihnen jedenfalls."

Sie stand auf und gab mir ihre Karte.

„Mein Mitgefühl für Ihren Vater. Ich hoffe, Sie überstehen diese schwierige Zeit einigermaßen. Nun, man kann nicht immer gleich erkennen, warum sich Wege zu bestimmten Zeiten treffen. Alles Gute für Sie und Ihre Familie, Frau Gaston."

Langsam ging ich die Treppe zu meinem Zimmer hinauf. Eine Stimme in meinem Kopf rief laut: *Geh hin und lauf nicht schon wieder weg! Es ist Zeit, an dich zu denken! Hole dir Hilfe und heile dich selbst!*

Ohne ganz zu wissen was mit mir geschah, drehte ich mich um und ging die Treppe wieder hinunter.

„Wissen Sie was, Frau Bischof? Sie haben mich wirklich neugierig gemacht. Ich werde morgen kommen. Danke sehr für das Angebot."

Ich hatte plötzlich das Bedürfnis, ein paar Schritte an der frischen Luft zu gehen. Der Weg zurück ins Krankenhaus wäre dafür gerade richtig. Auch wollte ich endlich Tante Bea treffen, die meine Mutter heute Nachmittag besuchen wollte, um einiges mit ihr zu besprechen. Es war mir wichtig zu sehen, inwieweit sie meine Mutter unterstützen und ich alles Bevorstehende regeln konnte, bevor ich wieder nach Hause fuhr.

Während ich mich auf dem Zimmer umzog, hörte ich mein Handy klingeln: Mutter. Meinem ersten Gedanken, den Anruf abzulehnen, widerstand ich.

„Hallo, Annabella. Wo bist du? Mutter kann gerade nicht sprechen, daher rufe ich dich an. Kannst du bitte kommen? Wir sind wieder im Krankenhaus."

Mein Herz sprang in meiner Brust und ich wusste sofort, dass etwas passiert war.

„Ich mache mich gleich auf dem Weg zu euch. Was ist mit Daddy?", fragte ich mit zitternder Stimme.

„Komm einfach. Wir warten auf dich."

In diesem Augenblick wusste ich, dass mein Vater nicht mehr lebte. Die Erinnerung an meinen Traum kam wieder hoch. Ich warf einen Blick zu dem hoffnungsvollen Bild mit dem weißen Einhorn, zog meinen Frühlingsmantel mit zitternden Händen an und ging, so schnell es mir möglich war, ins Krankenhaus. Ich konnte keine klaren Gedanken fassen. Ohne zu wissen, was geschehen war, fühlte ich unerträgliche Unruhe in mir.

Als ich die Lobby des Krankenhauses betrat, begann ich zu schwitzen, meine Schritte wurden schwer, und ich spürte einen Schmerz auf der rechten Seite meines Körpers. Langsam stieg ich die Treppe zum Zimmer meines Vaters, da ich plötzlich das Gefühl hatte, nicht mehr richtig laufen zu können. Mit jedem Schritt wurde der Weg zur Qual. Die Tür war nur angelehnt. Durch den Spalt konnte ich zwei Krankenschwestern dabei beobachten, wie sie den Körper meines Vaters von den Maschinen befreiten. Ich blieb in der Tür stehen und hielt mich an der Klinke fest. Dann hörte ich nur, wie ein Schrei aus meiner Kehle kam und ich verlor die Kontrolle über meinen Körper.

Flüchtig nahm ich wahr, dass etwas oder jemand mich hochzog. Ich war anscheinend zu Boden gefallen und fühlte die Wärme eines Körpers, die mich wohltuend umhüllte. Wie eine Furie begann ich um mich zu schlagen. Ich konnte nicht aufhören zu schreien. Der Schmerz in meiner Brust war schlimmer als zuvor, und unter meinen Füssen schien sich ein Abgrund zu öffnen – ein Abgrund, der sich sehr real anfühlte. Heftige Spasmen durchdrangen meinen Körper, und ich rang nach Luft. Mein letzter Asthmaanfall war vor längerer Zeit gewesen, und Panik stieg in mir hoch. Ohne Erfolg versuchte ich, nach Luft zu schnappen. In diesem Moment spürte ich eine kräftige Ohrfeige auf meiner rechten Wange. Jakob packte mich an den Schultern und schüttelte mich so heftig, dass ich nicht aufhören konnte, ihn anzustarren. Durch den Schock hörten mein Schreien und meine

Spasmen abrupt auf. Ich begann zu zittern und fühlte, wie Tränen herunterzufließen begannen. Nach einer gefühlten Ewigkeit beruhigte sich mein Atem, und langsam konnte ich wieder normal atmen.

Jakob nahm mich erneut in seine Arme und drückte mich. Ich hatte keine Kraft, mich zu befreien und hörte auf, dagegen ankämpfen zu wollen. Ich ließ mich gehen, gab jegliche Kontrolle ab und genoss es wie ein kleines Kind, getröstet zu werden.

„Annabella, beruhige dich bitte! Jetzt hat er keine Schmerzen mehr. Lass ihn los. Lass ihn gehen. Seine Zeit war gekommen."

Ich sah Jakob den beiden Krankenschwestern ein Zeichen geben. Sie gingen hinaus und schlossen die Tür hinter sich. Ich hob den Kopf und sah erst in diesem Moment meine Mutter. Sie stand an der Wand, regungslos, und starrte die ganze Zeit auf sein Bett. Er lag einfach nur da. Sein Körper war regungslos und, bis auf Gesicht und Arme, mit einer Decke zugedeckt. Seine Augen waren geschlossen. Seine Gesichtszüge waren nicht verzerrt, trotzdem sah er in diesem Moment anders aus. Bei seinem Anblick hatte ich das Gefühl, seinen Schmerz und Kampf mit dem Leben zu fühlen. Ich konnte den Anblick nicht länger ertragen und schaute erneut zu meiner Mutter. Wir waren nun allein. Die ganze heilige Familie Gaston. Jetzt war der Zeitpunkt gekommen, uns von unserem Patriarchen zu verabschieden. In mir mischten sich Wut und Trauer. Es war leicht gewesen, ihm die Schuld für alles zu geben, aber nun war er nicht mehr da. Der Tod hatte ihn mir weggenommen, bevor ich mich mit ihm hatte versöhnen können. Es gab doch noch so vieles zwischen uns, es gab noch so vieles zu besprechen und zu klären! Ich hatte doch noch so viele Fragen an ihn: Was hatte ich falsch gemacht? Und warum hatte er mich nicht mehr lieb? Nun gab es keine Möglichkeit mehr, je eine Antwort zu bekommen. Er war weg, für immer weg.

Ich seufzte und schaute hinüber zu meiner Mutter. Sie starrte weiter auf sein Bett und schien meine Anwesenheit immer noch nicht zu bemerken. Ich ging zu ihr und nahm sie in meine Arme. Ich fühlte nur Kälte und Reglosigkeit. Es war, als wäre auch sie gestorben.

Jakob nahm meine und ihre Hand und führte uns zu ihm. Vaters Körper lag da, ohne jedes Lebenszeichen. Alles war vorbei.

„Es ist Zeit, Abschied zu nehmen, Mutter. Es ist Zeit."

Jakob kniete und nahm Vaters Hand. So verharrte er still ein paar Minuten, und dann hörte ich ihn einige Worte flüstern: „Vater, nun ist die Zeit gekommen, zu deinen Vorfahren zurückzukehren. Danke, dass du gewartet hast, um mich zu sehen. Ich bin sehr froh, dich noch einmal gesehen und deinen Atem gespürt zu haben." Er machte eine kurze Pause und fuhr fort: „Es war schön, dass unsere Blicke sich getroffen haben, auch wenn nur für ein paar Sekunden. Es war nicht immer einfach mit uns, aber wir haben auf unsere Weise einen Weg gefunden. Danke für alles. Einen besseren Vater hätte ich mir nicht wünschen können. So empfinde ich das! So habe ich es empfunden."

Er berührte seinen Kopf und drehte sich dann zu uns: „Mutter, Annabella, es ist Zeit, euch zu verabschieden. Er wird gleich abgeholt werden. Ich warte draußen."

Jakob verließ den Raum und ließ uns mit ihm allein. Warum? Auf einmal fühlte ich mich in dem Zimmer verloren. Ich schaute zu meiner Mutter. Immer noch sagte sie nichts. Ich warf einen Blick zu meinem Vater. Ich konnte keine Worte finden. Ich hatte weder die schnelle Handlungsfähigkeit noch die Kraft meines Bruders. Auch wenn die Ärzte uns seinen bevorstehenden Tod angekündigt hatten, war es in diesem Moment alles andere als leicht. Langsam, ganz langsam berührte ich seine Hand und gab ihm einen Kuss auf die Stirn. In diesem Moment versuchte ich Worte zu finden, um ihm zu sagen, wie leid mir alles tat. Ich fühlte den Drang in mir, mit ihm zu reden, mit ihm über die Vergangenheit zu sprechen und ihn um Vergebung zu bitten. Doch obwohl ich so viele Worte in mir spürte, kam kein einziges davon aus meinem Mund. Ich drehte mich zu meiner Mutter, legte meinen Kopf auf ihren und sagte leise: „Kann ich dich allein lassen?"

Sie nickte.

„Nimm du auch Abschied, Mutter. Ich warte draußen. Ruf mich, wenn du mich brauchst."

Sie nickte abermals und ich ging hinaus.

Jakob stand vor der Tür. Er schaute mich an, während ich ein paar Schritte im Flur herumging. Ich konnte und wollte nicht mit ihm reden. Nach ein paar Minuten kamen zwei Krankenpfleger. Jakob ging mit ihnen zurück ins Zimmer, während ich draußen wartete. Nach kurzer Zeit fuhren sie Vater auf seinem Bett weg. Wie ging es jetzt weiter? Ein Blick auf meine Uhr zeigte 16:31 Uhr, und ich hatte keine Idee, was ich jetzt tun sollte. Schließlich ging ich zurück in das Zimmer, das jetzt erschreckend leer wirkte. Als kurz darauf die Tür aufging und ich Tante Bea erkannte, atmete ich vor Erleichterung auf. Sie begrüßte uns und ging zu meiner Mutter. Nachdem Tante Bea meinen Bruder gebeten hatte, ein paar Schritte mit Mutter zu gehen, kam sie zu mir und bat mich, ihr beim Aufräumen zu helfen. Ich war dankbar, endlich etwas tun zu können. Wir räumten das Zimmer auf und packten Vaters Sachen in seinen alten Koffer. Auch Mutters Koffer wurden sofort gepackt, um so schnell wie möglich diesen Ort zu verlassen.

Das Haus meiner Eltern lag etwa dreißig Kilometer vom Krankenhaus entfernt, daher hatte meine Mutter vieles mitgebracht, um nicht ständig nach Hause fahren zu müssen.

„Annabella, deine Mutter wird die nächsten Tage bei mir übernachten. Ich will nicht, dass sie jetzt allein bleibt. Magst du auch zu uns kommen? Es wäre schön, wenn die Familie zumindest heute zusammenbliebe. Denke bitte darüber nach, bevor du gleich nein sagst. Morgen, nach dem Frühstück, können wir dann alles Weitere besprechen. In Ordnung?"

Ich erklärte Tante Bea, dass ich zunächst allein sein wollte und dankte ihr für das Angebot. Ich versprach ihr, mich am nächsten Tag zu melden, wenn ich meine Gedanken sortiert hätte. Nachdem sie, meine Mutter und Jakob sich auf den Weg gemacht hatten, ging ich zurück zu der Pension. Ich fühlte mich leer und erschöpft.

Die Klingel meines Weckers holte mich am nächsten Morgen um acht aus dem Schlaf. Dank der Schlaftabletten, die ich von meiner Mutter bekommen hatte, hatte ich tief und traumlos geschlafen, fast wie unter einer Betäubung. Plötzlich fiel mir ein, dass ich am Vortag Frau Bischof versprochen hatte, heute an ihrem Seminar teilzunehmen. Mehr als zuvor sah ich die Notwendigkeit, mich mit etwas Anderem zu beschäftigen, und so beschloss ich hinzugehen.

Nach einer langen warmen Dusche und einem leichten Frühstück machte ich mich auf den Weg. Es war ein bedeckter Samstagmorgen und die Straßen waren leer. Ich wusste nicht, was mich erwartete. Dennoch war ich bereit, alles zu tun, um meine Leichtigkeit und mein Vertrauen ins Leben zurückzugewinnen.

An diesem Morgen war kein Vogelgezwitscher zu hören, und als wäre es nicht düster genug, begann es auch noch zu regnen. Ich ging durch einen Tunnel und anschließend an einem Park entlang. Die Melodie eines Straßenmusikers riss mich aus meinen Gedanken. Begleitet von seiner Gitarre, sang er *The Sound of Silence* — ein Lied, das mein Vater, als er noch selbst Gitarre gespielt hatte, oft gesungen hatte. Nach ein paar Sekunden des Hinhörens konnte ich es nicht mehr ertragen und ging weiter. War es ein Zufall oder schickte mein Vater mir, wo auch immer er jetzt war, einen Gruß?

Ich kam zu dem beschriebenen Gebäude und ging hinein. Der Seminarsaal war geschmackvoll eingerichtet. Das perfekte Zusammenspiel der Farben mit den abstrakten Figuren und Bildern auf den Wänden war so harmonisch, dass ich die vielen Schwimmkerzen und Rosen in kleinen Kristallvasen auf dem Boden gut ignorieren konnte. Ich sah mich um und zählte insgesamt dreißig Leute, lauter fremde Gesichter. Kurz darauf wurde es ruhig und Frau Bischof sprach ein paar

Begrüßungsworte. Wie ich ihnen entnahm, war ich an diesem Tag die einzige, die an der Veranstaltung zum ersten Mal teilnahm. Während sie redete, verblasste meine Unsicherheit. Ich war gerade einmal fünfundzwanzig; die meisten waren mindestens zehn oder fünfzehn Jahre älter als ich.

„An diesem Tag, Schwestern, grüße ich euch aus tiefstem Herzen. Lasst uns dankbar sein, hier sein zu dürfen. Lasst uns unser Leben feiern, denn wir haben es gut. Wir haben Essen, Trinken, eine Wohnung oder ein Haus und sollten dankbar sein – auch dafür, unsere Meinung in dieser Zeit und in diesem Teil der Welt äußern zu können. Ohne unsere Ahnen, unsere Vorfahren, wären wir nicht hier. Heute wollen wir uns erlauben, mit unseren Ahnen in Kontakt zu treten, um ihr Leben zu würdigen und zu feiern. Lassen wir das Thema unerfüllter Erwartungen vorbeiziehen und unseren Fokus auf die Fülle in unserem Leben richten. Das heißt, was wir bereits haben." Nach einer kurzen Pause fuhr sie fort: „Aus meiner Arbeit mit Klienten weiß ich, dass einige Menschen sich kaum aus der Schuldthematik befreien können. Ich erlaube mir daher, ganz kurz etwas dazu zu sagen: Bevor wir ein Leben oder einen Menschen verurteilen, wäre der erste Schritt, sich die Frage zu beantworten, ob wir unter den gleichen Bedingungen eine andere Entscheidung hätten treffen können. Wir alle wissen, es ist immer einfach, die Schuld auf andere zu schieben, auf eine bestimmte Situation, bestimmte Umstände oder sogar unerfüllte Ahnenaufgaben. Aber wie ihr bestimmt schon aus dem Volksmund gehört habt: Wenn du mit dem Zeigefinger auf andere deutest, wie viele Finger zeigen dann auf dich selbst? Mehr, oder? Denkt bitte darüber nach! Und an dieser Stelle möchte ich ganz kurz ein Bibelzitat aus dem

Matthäus Evangelium, Kapitel 7 zitieren: „Richtet nicht, damit ihr nicht gerichtet werdet! Denn wie ihr richtet, so werdet ihr gerichtet werden und nach dem Maß, mit dem ihr messt, werdet ihr gemessen werden. Warum siehst du den Splitter im Auge deines Bruders, aber den Balken in deinem Auge bemerkst du nicht?"

Wenn wir dem Schuld-Thema erlauben vorbeizuziehen und unsere Dankbarkeit bewusst auf die Bemühungen unserer Ahnen richten, können wir von ihrem Segen und Erfahrungen profitieren. Für manche kann diese Unterstützung sich praktisch wie eine Hilfe unsichtbarer Freunde anfühlen.

Was hat das mit unseren Erfahrungen im täglichen Leben zu tun? Jede Erfahrung gibt uns die Möglichkeit, uns besser zu verstehen und mehr Akzeptanz für uns und andere zu kultivieren. Erkennt eure Themen – das, was euch daran hindert, in die innere Zufriedenheit zu kommen. Beseitigt sie mit Ehrlichkeit, Geduld und Mitgefühl und handelt aus eurer Wahrheit heraus. Und sehr wichtig: Verbindet euch mit dem lichtvollen Kraftfeld eurer Vorfahren. Ruft sie einfach, redet mit ihnen, als ob sie da wären. Probiert es einfach!"

Sie schwieg. Eine schöne, sanfte Melodie begann zu erklingen.

Was war das für ein Gefühl, das sich in mir ausbreitete? Vieles von dem, was Frau Bischof gesagt hatte, hatte ich in abgewandelter Form schon gehört. Auch Carlos hatte Ähnliches gesagt, hatte mir Gedanken nahegebracht, die mich in den letzten zwei Jahren seit unserem Kennenlernen dazu gebracht hatten, über vieles nachzudenken. Doch jetzt, zum ersten Mal in meinem Leben, fühlte ich etwas Unbeschreibliches: Ein Schimmer Hoffnung war für mich greifbar, eine Tür, die sich zu öffnen schien wie auf dem Bild mit dem Einhorn. Plötzlich ahnte ich, dass ich die Kraft hatte, aus der Festung auszubrechen – eine Festung, die ich selbst mit meinen kreisenden Gedanken und Schuldgefühlen aufrechterhielt. Nun erkannte ich immer mehr Menschen auf meinem Weg, die mir dabei helfen würden. Mir war bewusst, dass ich diesen Weg der Selbstbefreiung dennoch selbst würde gehen müssen. Ich begann zu verstehen: Auch wenn meine Eltern und meine Familie in meinen Augen viele Fehler gemacht hatten, ging es gar nicht darum, mich mit ihnen zu identifizieren und den gleichen Weg zu gehen. Ich hatte verdammt nochmal die Möglichkeit, nein zu sagen und einen anderen Weg für mich zu wählen. Dabei war es wichtig zu erkennen, aus welchem Samen ich geschlüpft war. Wie dumm wäre es gewesen zu behaupten, eine Rose zu sein, obwohl ich doch in Wahrheit eine Orchidee war! Als Orchidee durfte ich meinen eigenen Duft versprühen und verschenken. So klar und einfach wie in diesem Moment war dies mir nie zuvor bewusst gewesen.

Als die Musik langsam zu Ende ging, sprach Frau Bischof weiter: „Das Seminar heute ist so aufgebaut, dass wir unterschiedliche Meditationen machen werden: im Sitzen, im Stehen und im Liegen. Sorgt für euch und entscheidet, wie weit ihr gehen wollt! Wir werden uns an diesem ersten Tag bewusst mit den Elementen Erde, Wasser, Feuer und Luft verbinden, um ihre Entsprechungen in unserem physischen Körper zu erfahren und zu stabilisieren. So bereiten wir das Feld der Ahnen vor, mit dem wir uns am morgigen Tag befassen werden. Wir rufen bewusst die uns allen zur Verfügung stehenden positiven Kräfte und lassen diesen

Ort als Feuerwerk leuchten. Alle, die länger bei mir im Seminar sind, wissen, dass in solchen Momenten erdgebundene Seelen nach Hause geführt werden können, wenn sie es wollen." Sie schaute zu mir und sprach weiter: „Wir können uns das so vorstellen, als ob durch unsere lichtvollen Gedanken ein Tunnel entsteht, wo bestimmte Seelen Zugang finden und dadurch nach Hause gelangen können. Geburt und Tod gehören nun mal zum Leben."

Ohne Vorwarnung kamen in diesem Moment meine ganze Trauer, meine Verzweiflung und meine Schuldgefühle hoch. Ich begann zu weinen wie ein Kind und konnte nicht mehr damit aufhören. Frau Bischof hatte durch ihre Worte einen geschützten Raum in mir geöffnet. Solche Reaktionen vermutlich gewohnt, blieb die Gruppe ruhig und respektvoll. Als ich nach einigen Minuten immer noch nicht aufhörte zu weinen, unterbrach sie für eine Weile die Sitzung und kam zu mir. Nachdem ich mich etwas beruhigt hatte, konnte ich ihr erzählen, dass mein Vater am Vortag gestorben war und dass mich die Familienverstrickungen und mein emotionaler Zustand überforderten. Es gab starke Schuldgefühle in mir und ich fand es unerträglich, meinem Vater vor seinem Tod nicht noch etwas gesagt zu haben.

Nachdem sie mir aufmerksam zugehört hatte und ich ihren Vorschlag, zurück in die Pension zu gehen, ablehnte, traf sie nach einer weiteren kurzen Pause die Entscheidung, den Ablauf des Seminars zu ändern. Mit meiner Zustimmung und Einwilligung der Gruppe baute sie eine andere Bühne auf. Die Offenheit einer solchen Gruppe in diesem Moment zu erfahren war sehr wohltuend. Aufgrund ihrer starken Empathie entschied sich Frau Bischof, eine systemische Aufstellung für meine Herkunftsfamilie durchzuführen und zeigte keine Überraschung, als ich ihr mitteilte, es seit ihren gestrigen Erläuterungen genauso zu wollen.

Nach einem Gespräch mit Frau Bischof, in dem sie vermutlich für sich erkennen wollte, wie weit sie mit mir am heutigen Tag gehen konnte, durfte ich aus den Anwesenden Stellvertreter für mich, meine Eltern, Jakob und meine verstorbene Schwester Sofia auswählen. Ich begann mit Sofia, die als erste zu mir sprach.

„Annabella, du trägst keine Schuld an meinem Tod! Ich habe es für mich entschieden und du hast getan, was du konntest. Meine Zeit war gekommen und es ist in Ordnung, so wie es ist. Lass mich bitte los und hör auf, dich für mich verantwortlich zu fühlen."

Als sie mich umarmte, kam reflexartig ein Schrei aus mir heraus, als wäre ich dabei, ein Kind zu gebären. Erst nach einer Ewigkeit lösten wir unsere Umarmung.

Frau Bischof intervenierte immer wieder, um sicher zu sein, dass es allen gutging und dass die Stellvertreter beim Verlassen ihrer Rolle diese energetisch und emotional vollständig ablegten. Auch half sie mir zwischendurch mit bestimmten Sätzen, die bei einem solchen Ritual offenbar wichtig waren: „Ich bin dankbar für die Zeit mit dir", „Ich ehre dein Schicksal". Auch war es wichtig, auf liebevolle Art die eigenen Emotionen und Gefühle auszudrücken und zu würdigen.

Bald fühlte ich mich erschöpft, doch ich entschied, weiterzumachen und bewegte mich nun auf der Bühne zu meiner „Mutter". Sie stand da, reglos und starr. Wie gewohnt, war sie offenbar unfähig, Gefühle zu zeigen. Ich war verblüfft, wie die fremde Frau vor mir die

Körpersprache, die Mimik und sogar den Charakter meiner Mutter spontan nachahmen konnte. Wie war so etwas möglich?

Als ich mit ihr sprach, wurde schnell klar, dass es zwischen uns in diesem Moment keine emotionale Tiefe geben konnte. Sie gab bereits alles, was sie konnte. Mehr war nicht zu erwarten. Sie konnte mich weder in ihre Arme nehmen noch mir sagen, dass sie mich liebte.

Frau Bischof fand es an dieser Stelle wichtig, mir eine Erläuterung zu geben: „Es ist wichtig zu akzeptieren, dass wir Menschen nicht verändern können. Jeder hat seine eigenen Vorstellungen und es ist elementar, das zu akzeptieren. Wir können von anderen nicht erwarten, dass sie genauso reagieren und fühlen wie wir. Doch dabei ist es notwendig, auch auf unsere eigenen Grenzen zu achten und Situationen zu verlassen, die uns nicht mehr dienlich sind. Wenn eine Situation zur Sackgasse wird, ist es wichtig, umzudrehen und einen anderen Weg zu gehen. Deine Sprache wird bei ihr vermutlich nie so ankommen, wie du es dir wünscht, es sei denn, du lässt diese Erwartung los. Du hast dennoch hier die Chance, deiner Mutter das zu sagen, was dir am Herzen liegt. Sag ihr, was dich belastet und lasse sie ihren Weg gehen. Im Moment kannst du nicht mehr tun. Es ist nicht deine Aufgabe, sie zu retten oder ihre Themen zu lösen. Ehre ihr Leben und sei dankbar für das, was sie bereit war, dir zu geben!"

Nach diesen Worten verharrte ich einen Augenblick verwirrt. Dann ging ich zurück zu ihr und sagte: „Mutter, ich wünschte, du hättest mehr für mich getan. Ich wünschte, du hättest mich so geliebt wie die anderen. Nie war ich gut genug für dich, und doch war und bin ich diejenige, die dir früher immer zur Seite stand und auch heute noch steht. Es tat sehr weh zu sehen, wie kalt du bist und ich habe Angst, wie du zu werden. Vielleicht bin ich es schon und ich merke es noch nicht einmal. Ich bin deine Tochter und nicht für dich verantwortlich. Alle Verpflichtungen, die ich aus Liebe oder Schuldgefühl für dich übernommen habe, gebe ich dir zurück. Ich gebe sie dir zurück, in Liebe und Wertschätzung. Ich versuche es zumindest. Ich hoffe, du kannst irgendwann mit Liebe auf mich schauen. Wenn nicht jetzt, vielleicht irgendwann."

Ich machte eine Pause und ging zu Jakob. Ich schämte mich, über die Vergangenheit zu reden, und wahrscheinlich war mir auch bewusst, hier in einem Raum voller unbekannter Menschen zu sein. Was würden sie über mich denken? Ohne dass ich die Chance hatte, mir eine Strategie zu überlegen, kam Jakob auf mich zu – wie immer. Unwillkürlich wich ich einen Schritt zurück.

„Annabella, lauf nicht weg!"

Ich drehte mich weg, und so fragte Frau Bischof, was los sei.

„Ich kann ihn nicht anschauen! Es geht einfach nicht!"

Sie fragte, ob Jakobs Vertreterin den Impuls hätte, mir etwas zu sagen. Anscheinend war ich noch nicht bereit, mit ihm über meine Gefühle und meine Ängste der Vergangenheit zu reden. Ich hörte diese Frauenstimme nur sagen: „Ich vermisse dich."

„Es tut mir leid, aber es geht nicht. Ich brauche noch ein wenig Zeit um zu verstehen und zu vergeben."

Erneut fanden wir durch Frau Bischofs Hilfe richtigen Worte, um uns in Wertschätzung und Respekt zu begegnen und uns voneinander zu verabschieden.

Ich hatte das Gefühl, dass Frau Bischofs Erfahrung ihr die Intuition gab, dieses Thema nicht weiter zu vertiefen. Nach ihren Erläuterungen, konnte ich an Jakob weitere Worte richten.

„Jakob, meine Gefühle für dich waren für mich immer sehr schwierig zu greifen, sowohl in der Vergangenheit als auch heute. Wenn ich vor dir stehe, spielt es keine Rolle, wie alt ich bin und wie lang zurück unsere letzte Begegnung liegt. Gleichzeitig ist da neben meiner Sehnsucht und gewaltigen Lust auf dich eine Angst, die mich daran hindert, frei mit dir reden zu können. Ich habe Angst, wenn ich mich dir öffne, dass es nicht lange gut gehen wird." Nach einer kurzen Pause fuhr ich fort: „Gib mir ein wenig Zeit. Ich bin dabei, emotionale Ordnung in mein Leben zu bringen."

Auf meiner Bühne gab es nun nur noch eine Person: Vater. Vaters Stellvertreterin, die die ganze Zeit über Schüttelfrost hatte. Ich erfuhr, dass Kälte oft ein Signal von Totenenergie sei. Vater hatte erst am Vortag seinen Körper verlassen. Seine Seele war angeblich noch anwesend und befand sich in einem Schockzustand.

Von dieser Begegnung hatte ich am meistens Angst, doch Vater kam in Gestalt seiner Stellvertreterin ruhig auf mich zu und nahm mich in die Arme. Ich hatte tatsächlich das Gefühl, in den Armen meines Vaters zu sein. Worte waren nicht erforderlich. Ich hielt ihn einfach fest und wollte ihn nicht mehr loslassen.

Nach einer Ewigkeit kam Frau Bischof zu uns und bat mich, ihm zu sagen, was mir auf dem Herzen liege.

„Vater, bitte verzeih mir! Ich habe jetzt verstanden: Es ist nicht meine Aufgabe, dein Leben zu beurteilen, und deine Ehe mit Mutter ist eure Angelegenheit. Ich war keine gute Tochter für dich und es tut mir leid, dass ich dich enttäuscht habe."

„Bel, nicht du warst keine gute Tochter, sondern ich war ein schlechter Vater, der Schande über seine Familie brachte. Bel, ich hoffe, du kannst mir verzeihen!"

Wie konnte diese fremde Frau wissen, dass mein Vater der einzige war, der mich Bel nannte? Hatte sie mir nachspioniert und meine Lebensgeschichte erforscht? Ich verstand gar nichts mehr. Das war keine Veranstaltung für meinen Verstand. Mit einem Schrei rief ich ihm zu: „Ich liebe dich, Vater!"

Er drückte mich noch fester an sich und liebkoste mich am Kopf. Ich war nun bereit, Frieden mit mir zu machen und zu versuchen, ihn loszulassen.

Als ich allein auf der Bühne danach stand, holte Frau Bischof vier Frauen zu mir: eine vor mir mit der Aufgabe meines Seelenplans und eine links neben mir als meine Intuition. Rechts neben mir symbolisierte eine weitere Frau meine Kraft, und hinter mir stand das Symbol der Gaben meiner Ahnen. Ich war in der Mitte und durfte entspannen, Liebe und Hoffnung um mich spüren und einatmen, als Symbol der Bereitschaft, meine Vergangenheit hinter mich zu lassen. In diesem Zustand der Seligkeit hörte ich eine Stimme rufen:

„Ich bin dein Seelenplan, der Grund, warum du hier bist. Ich unterstütze dich, wo auch immer du gehst, und ich bin immer da. Pflege die Stille in dir, und du wirst alles erreichen, was es für dich zu erreichen gibt. Fühle deine Kraft. Folge deiner Intuition und erlaube deinen Ahnen, dir zur Seite zu stehen. Nimm dieses Geschenk an. Alles ist bereits da und wartet nur darauf, dass du deine Hände danach ausstreckst."

Ich fühlte mich auf einmal zentriert, und eine neue Kraft begann sich in mir aufzurichten. Nach einem kleinen Ritual, mit dem Frau Bischof sich versicherte, dass es allen Beteiligten gutging, bat sie uns, im Kreis zu stehen. Wir bewegten uns leicht zu einer sanften Melodie, und wieder gab es eine Menge Tränen, Umarmungen und liebe Worte. Trotz meiner Erschöpfung badete ich in Mitgefühl und Dankbarkeit. Ich war unendlich dankbar für diese Menschen und für das, was sie für mich taten.

Endlich kam die Mittagspause, und wir verließen die Bühne. Während der Mittagspause bat ich Frau Bischof um Entschuldigung und die Erlaubnis, die Veranstaltung verlassen zu dürfen. Es war mir wichtig, jetzt allein zu sein und allem, was noch in mir hochkommen wollte, Raum zu geben. Zu lange hatte ich meine Gefühle und Verletzungen verdrängt. Sie hatte sofort Verständnis. Ich bedankte mich bei allen und ging. Ich hatte sicherlich noch einen weiten Weg vor mir, doch hatte ich ihn gefunden oder besser gesagt, er mich. Nun war ich bereit, aus meiner alten Haut herauszuschlüpfen.

Auf dem Weg in die Pension rief ich Tante Bea an. Ich entschuldigte mich, dass ich heute nicht mehr kommen würde. Ich war erschöpft und wollte einfach schlafen. Ich verbrachte den ganzen Nachmittag und die ganze Nacht mit Schlafen, Weinen und Lachen. Am nächsten Tag stand ich früh auf. Trotz Trauer fühlte ich neue Hoffnung in mir und wollte den Moment in Dankbarkeit verbringen. Ich ging zum Bäcker, holte Frühstück und ging zu Tante Bea, die ihre Überraschung, mich zu sehen, nicht verbergen konnte.

Nach dem Frühstück versammelte sie alle: Jakob, meine Mutter und mich.

„Wie wir alle wissen, wollte Alfonse niemandem zur Last fallen. Vielleicht nur seiner Frau Jessica."

Sie schmunzelte und nahm die Hand meiner Mutter, die links von ihr saß. „Er bat daher Jessica ausdrücklich, nicht die Familie zu alarmieren. Er wusste, dass seine Zeit gekommen war. Nun sind wir heute versammelt, um zu besprechen, was es zu tun gibt. Alfonse hat bereits alles organisiert und Jessica und mir in den letzten Tagen so gut es ging seine letzten Wünsche mitgeteilt. Wir werden alles tun, was in unserer Macht steht, um dafür zu sorgen, dass sie von der ganzen Sippe akzeptiert werden."

Nach einer kleinen Pause fuhr sie fort: „Er hatte klare Vorstellungen und äußerte den Wunsch, möglichst bald nach seinem Tod nur im engsten Familienkreis beerdigt zu werden. Wir alle wissen, dass er keine leichte Kindheit hatte. Er wurde erst mit zehn Jahren adoptiert und war seinen Adoptiveltern für diese Chance auf ein gutes Leben sehr dankbar. Trotzdem hat er sich sein ganzes Leben lang allein und anders gefühlt. Vor ein paar Jahren hat er ohne Erfolg erneut versucht, die wahre Identität seiner Eltern herauszufinden. Er wollte ein guter Vater für seine Kinder sein, doch wie jeder Mensch war er nicht perfekt. Wir sind heute nicht hier, um darüber zu reden, was er hätte besser machen können. Wir sind hier, um für sein Leben dankbar zu sein und ihm die letzte Ehre zu erweisen. Das hat er verdient! Die Überführung seines Körpers zum Krematorium erfolgt in neun Tagen. In zwei Wochen werden wir uns an seiner gewählten Ruhestätte zur Beisetzung der Urne im Friedwald treffen."

Ich war über diese Rede überrascht. Mein Vater hatte nie viele Worte über seine Kindheit verloren, und einige dieser Informationen waren mir neu. Tante Bea drehte sich zu meiner Mutter und fragte, ob sie noch was sagen wollte. Mutter schüttelte den Kopf und stand auf. Gefolgt von Jakob verließ sie den Raum.

Erschöpft verweilte ich ein paar Minuten allein in der Stille mit Tante Bea, bevor ich mich auf die Suche nach meiner Mutter machte. Sie lag auf dem Schlafsofa in einem Gästeraum und Jakob, der treue Hund, wich nicht von ihrer Seite.

„Mutter, ich muss mit dir reden."

Als Jakob keine Anzeichen machte, den Raum zu verlassen, sagte ich: „Mutter, ich weiß, dass du unter Schock stehst, aber sag doch bitte etwas zu mir! Ich würde es schön finden, von dir zu hören, wie es dir jetzt geht. Und ich wünsche mir auch zu hören, wie es dir mit mir geht? Fühlst du überhaupt, dass ich hier bin? Siehst du mich überhaupt?"

Leise fing ich an zu weinen.

In diesem Moment drehte sie sich zu mir um. „Annabella, ich sehe dich. Ich bin dankbar, dass ihr hier seid. Mir geht es gut. Ich bin einfach müde und habe nicht viel zu sagen. Wir können zurzeit nicht mehr tun. Ihr könnt wieder nach Hause fahren. Ich bin bei meiner Schwester gut aufgehoben."

„Mutter hat Recht, Annabella: Wir können nicht mehr tun. Ich werde morgen Nachmittag fahren und werde drei Tage vor der Beisetzung wieder herkommen. Wie ist es mit dir?"

Nach einem kurzen Moment sagte ich: „So weit habe ich nicht gedacht. Ich denke, ich fahre morgen nach Hause und werde vermutlich auch ein paar Tage vor der

Beisetzung wiederkommen." Ich stand auf und gab meiner Mutter einen Kuss.

„Mutter, bitte pass gut auf dich auf! Wenn du etwas brauchst, melde dich. Ich werde morgen vor meiner Abreise nach dir schauen. Ich muss jetzt hier raus. Ich kann nicht mehr."

Jakob stand auf und begleitete mich zur Tür.

„Annabella, ich weiß, es ist eine schwierige Situation für uns, aber können wir bitte miteinander reden? Es wäre mir sehr wichtig, in Ruhe mit dir zu reden. Bitte!"

„Jakob, ich bin müde und kann jetzt nicht klar denken. Vaters Tod bringt mich gerade sehr durcheinander und außerdem wüsste ich nicht, was wir beide besprechen sollten. Ich habe die Situation zwischen uns akzeptiert und jetzt will ich mich nicht mehr mit der Vergangenheit beschäftigen."

„Beeinflusst die Vergangenheit nicht auch die Gegenwart? Und entsteht die Zukunft nicht aus den Entscheidungen, die wir jetzt treffen, Annabella? Bist du immer noch wütend auf mich? Meine Gefühle für dich waren immer ehrlich, doch ich war der Meinung, es gibt keine Zukunft für uns. Es tut mir leid, dass ich mit meiner Eifersucht vieles bei dir kaputtgemacht habe. Ich bin auch traurig darüber, dass ich dir nicht immer zeigen konnte, wie dankbar ich für unsere gemeinsame Zeit war. Wir waren jung, doch meine Gefühle waren … sind echt. Ich verm …"

Er sprach nicht weiter. Nach einer kurzen Pause fügte er hinzu: „Ich dachte, wir hätten das Richtige getan, und so ließ ich dich weiterziehen. Wir brauchen uns für das, was war, nicht zu schämen. Es war ehrlich, es war schön, und ich bereue es nicht. Ich hätte mehr für dich da sein sollen, aber ich war auch überfordert, und der Tod … Sofias Tod war zu viel und ich habe einen Weg gesucht, um mit meinen Schuldgefühlen zurechtzukommen. Für uns alle war alles zu viel. Heute will ich zu uns stehen. Ich will es richtig machen und bin soweit!"

Ich blieb stehen.

Seit Jahren war es das erste Mal, dass wir ohne Vorwurf und Lügen miteinander reden konnten.

„Jakob, warum jetzt? Warum nach so vielen Jahren?"

„Weil ich es mir nicht mehr verzeihen könnte, meine Gefühle zu verleugnen. Das Leben ist nicht ewig, und ich möchte meines mit Menschen verbringen, die ich liebe. Bis heute bist du die einzige Frau, die meine Seele berührt hat. Lass uns bitte nochmal in Ruhe reden. Es gibt noch viel zu besprechen. Gib uns nicht auf, nicht noch einmal."

„Heute Abend", sagte ich. „Du weißt wo du mich finden kannst, ansonsten hat Tante Bea die Adresse meiner Pension."

Er lächelte und ging zurück zu meiner Mutter ins Zimmer. Dann rief ich ein Taxi und verabschiedete mich von Tante Bea.

Es war schön, wieder in der Pension zu sein. Hier hatte ich die Möglichkeit, ungestört und unbeobachtet zu sein. Die Ereignisse der letzten achtundvierzig Stunden waren anstrengend gewesen.

Ich zuckte zusammen, als mein Handy klang.

„Hallo, Carlos. Schön, deine Stimme zu hören!"

„Wie geht es dir, Bella? Ich habe gestern nichts mehr von dir gehört und wollte nur sicher sein, dass es dir einigermaßen gutgeht."

158

„Vater ist gestern verstorben. Ich hatte einen Nervenzusammenbruch und um mich zu beruhigen, hat mir Jakob eine Ohrfeige gegeben. Seine Revanche für die Vergangenheit. Gestern war ich bei einer seltsamen Veranstaltung bei einer Frau, die ich vorgestern per Zufall beim Mittagessen traf. Vielleicht ist sie die Leiterin einer Sekte und ich bin jetzt von Dämonen besessen, ich weiß es nicht."

Ich lächelte in mich hinein.

„Auf jeden Fall habe ich nie so viel geweint wie in den letzten zwei Tagen. Ich war vorhin bei meiner Tante und erfuhr Dinge über meinen Vater, die ich bislang nicht wusste. Ein Treffen mit Jakob steht heute auch noch an, und endlich habe ich zugesagt, dass wir über die Vergangenheit reden. Ich glaube, er hat immer noch Gefühle für mich – und nicht solche eines Bruders. Schlimmer kann es bestimmt nicht mehr werden! Und noch was: Vor mir steht ein Bild mit einem Einhorn, Engeln und seltsamen Menschen darauf. Sie haben eine Botschaft für mich. Weißt du welche? Sie wird dir bestimmt gefallen: *Jetzt ist die Zeit. Glaube an Wunder und lasse Heilung zu.* Carlos, warum ist Heilung so schmerzhaft?"

Nach einer kurzen Pause hörte ich seine Stimme: „Bella, ich bin stolz auf dich. Die meisten Phasen größten Wachstums sind herausfordernd. Du bist bereit für die nächste Stufe in deinem Leben. Lass nicht zu, dass deine Zweifel, innere und äußere Kritiker dich von deinem Weg abbringen. Hab endlich Mut, zu deinen Gefühlen zu stehen und sag Jakob, dass du immer noch an ihn denkst. Vielleicht geht der Weg mit euch weiter. Lasse nicht zu, dass die Angst dein Leben regiert. Lasse dein altes Leben los und breite deine Flügel aus.

Genieße den Ausblick. Meisterin im Erwachen, habe Vertrauen. Die Liebe in dir wird dir helfen, die nächsten Schritte zu gehen, denn sie ist die wahre Kraft. Ruh dich aus. Ich habe dich lieb und denke an dich."

„Okay, mein Freund. Danke für deine Worte. Ich freue mich sehr, dich morgen zu sehen. Aber eins musst du mir versprechen: Ab heute ist Schluss mit den Predigten!"

DANKE.

Über die Autorin

In tiefen Phasen der Läuterung den Duft der Freiheit der eigenen Seele riechen zu können, war für Massama Kambia so berauschend, dass sie ihre Berufung erkannte, dieses Verständnis, welches ihr dabei half, weiterzugeben.

Als Lichtbringerin und Wegweiserin erfreut sie sich daran, Menschen auf ihrem Weg zu begleiten, sodass sie ihre leuchtende Seelenkraft erkennen, damit sie ihr Leben mit Leichtigkeit und in Wahrhaftigkeit leben.

Die Philosophie der Dinge und die Energie des Augenblicks beschäftigen sie von Kindesalter an und haben ihre Gefühle, Gedanken, Beobachtungen und Handlungen auf der Suche nach dem „Geheimnis" des Lebens mitgeprägt.
Voller Achtsamkeit und mit ihrem klaren, liebevollen Fokus baut sie Brücken zwischen dem „alten" und „neuen" Wissen. Dadurch schafft sie es in ihrem Wirken, die Erinnerung an die göttliche Natur des Menschen und die Rückverbindung mit der Natur im Jetzt zu vereinen.

Ihre Kraft und pure Herzenswärme schöpft sie dabei nicht zuletzt auch aus ihren togoischen Wurzeln, die sie in ihrem Handeln unterstützen.

Liebe: Eine Energie welche die Kraft des Atems und des Lebens beinhaltet. Sie hält alles zusammen und macht die höchste Schwingung der Dinge erfahrbar.

Sich etwas hingeben zu können...lieben...
Erkennen, dass diese Fähigkeit der Hingabe das Urvertrauen bereits enthält. Einfach grandios!

Oh wundervolle Seele. Alles ist bereits in DIR zu finden.

Atme. Lebe. Liebe. Leuchte.